フィギュール彩 47

FEELING LIKE A KID:
CHILDHOOD AND CHILDREN'S LITERATURE
JERRY GRISWOLD

誰もがみんな子どもだった

ジェリー・グリスウォルド

渡邉藍衣／越川瑛理◉訳

figure Sai

彩流社

Published by arrangement with Johns Hopkins University Press, Baltimore, Maryland, through Japan UNI Agency, Inc., Tokyo

目次

［特別寄稿］日本の読者に向けて　5
序文　9
第一章　心地よさ　15
第二章　怖さ　35
第三章　小ささ　51
第四章　軽さ　69
第五章　元気のよさ　93

献辞　113
参考文献　115
解説（越川芳明）　123

文中の（＊）は訳注です。

［特別寄稿］　日本の読者に向けて

ときどき私は、いろいろな人たちの中で、日本の読者がいちばんよくこの本を理解できる人たちではないだろうかと思うことがある。このことを遠回りするかたちで説明させて欲しい。

私の友人エレーン・スカリーは、ハーバード大学の美学教授だ。私たちが互いに大学院生であった頃、彼女がある調査について語ってくれたことがある。それは、ボストンの学校に通う、ワスプ（白人のアングロサクソン系プロテスタント）の生徒とアイルランド系カトリックの生徒の違いについてだった。調査はそれぞれどのようなときに子どもたちが喜びを感じるかということを明らかにしたものだ。ワスプの子どもたちは外的なもの――優勝トロフィーや賞のリボン、記念バッジなど――をもらいたがり、アイルランド系の子どもたちは大人からの賞賛や激励をほしがるというものだった。後者の子どもたちがうれしいと感じるとき、彼らは内側から「皮膚の先端まで」幸福感で満たされている。こう、エレーヌが言ったのが印象的だった。

ここには、文化的な違い――物事の文化と感情の文化の違いがある。つまり、外なるものと内なるもののあいだ、持つことと存在することのあいだの違いが。だから、私のようなアイルランド系のガイジンが少しばかり日本人論を繰りひろげるのをお許しねがいたい。私にとって、日本の文化は感情の文化に映るのである。しかも、この種の文化としては、世界でも傑出しているかもしれない。

魚が媒介となる水を意識しないように、日本人は、自分自身ではこのような感情の文化の中に生きていることに気づいていない。しかし、思案深い部外者には、よく分かる。桜の咲く季節を考えてみよう。日本人にとって、桜の木が大切なのではなく、それによって喚起される感傷が大切なのだ。日本人が惹きつけられるアメリカ人作家（エドガー・アラン・ポー、レイモンド・カーヴァー、コーマック・マッカーシーなど）を考えてみよう。これらの作家は、ほかの作家とは異なり、感情を呼び起こすのに長けている。あるいは日本人の作家を考えてみても、松尾芭蕉、川端康成、吉本ばななといった作家は「情緒《エモーショナル・カラー》」を作りだすのに長けている。

本書『誰もがみんな子どもだった』は、子どもの内面世界と少年少女時代の感情――《心地よさ》《怖さ》《小ささ》《軽さ》《元気のよさ》――について書かれたものだ。ある晴れた日の午後に、私は幼い甥と海辺にいて、甥が波と戯れている姿を見ているときに着想を得た。甥は波に駆け寄ったり離れたりしては、波と追いかけごっこをしていたのである。私がいま語っている事柄を理解できるのは、とりわけ偉大な児童文学の作者たちである。彼らは大人になっても、子どもの頃に考えたことや感じたことを思い出すことができる人たちだから。芭蕉の次の句が思い浮かぶ。

いざ子ども走りありかむ玉霰

多くの人々は海辺で遊ぶのがどういうことであったか思い出すことができるかもしれない。が、一方で、必ずしもすべての物事が相違する文化の中で同じであるわけではない。だから若干の修正が必要だ。私は二〇〇四年に日本を訪れ、日本の大学生たちと幾つかの考えについて意見を交わした。《心地よさ》について彼らと議論しているとき、私は具体例としてテーブルの下で遊ぶことの楽しさを挙げた。すると、一人の学生が指摘してくれた。「グリスウォルド教授、それを例えるなら、日本では押入れの中じゃないでしょうか」と。

繰り返しになるが、私は日本の読者がこの本をいちばんよく理解することができる人たちでないかと思っている。詳しくは、あなた自身の目で確かめていただきたい。

このうえない感謝の気持ちを、ロベルト・コッシーこと越川芳明、今村楯夫、佐藤良明、吉田純子、浅山龍一の諸氏に。そして、翻訳を担当してくれた渡邉藍衣と越川瑛理の両氏に。

ジェリー・グリスウォルド

二〇一五年十二月　サンディエゴにて

序文

大人として暮らすある時期に
青春時代の最も重要な書物を再訪することもあるはずだ。
たとえそれらの書物が昔のままだとしても
私たちは昔のままではないので
それらとの出会いは新しい出会いになるだろう。
――イタロ・カルヴィーノ『文学の効用』

古典であれ大衆向けであれ、児童文学の作品には五つのテーマが頻繁に出てくる。すなわち――、

心地よさ

子どもたちはテーブルの下で遊んだり、ブランケットや椅子でテントを作ったりするのが好きだ。それは子どもたちに共通する行動で、大人になると、もはや見られない。そうした楽しみを追いかける行為は、児童文学の中にも現われる。たとえば、『アルプスの少女ハイジ』に出てくる祖父の

小屋、大草原の小さな家、『たのしい川べ』のアナグマの気持ちよさそうな地下の家といったように、いかにも快適な心地よい場所として、頻繁にあらわれる。

怖さ

大人が「わっ！」と言って幼い子どもを驚かすゲームをするようになる頃から、子どもは驚くべき事実を学ぶ。怖さもまた、居心地悪いけど、楽しみの一つだと。児童文学の世界は、大人たちがしばしば思うような、太陽が燦々と輝くトラブルのない世界ではない。むしろ、そこでは魔女が子どもを誘惑したり、狼が赤頭巾ちゃんに言い寄ってきたり、マグレガーさんがピーターラビットを捕まえようとしたり、マックスがかいじゅうたちに出くわしたり、魔法使いのヴォルデモート卿がハリー・ポッターの後をそっと追いかけたり、といった恐ろしい領域なのだ。

小ささ

オモチャの世界に魅せられて、絨毯の上でミニチュアのフィギュアを動かすように、小さな幼児たちは小さな人間をこよなく愛する。児童文学の中でも同様に、スチュアート・リトルが同名の映画の中でミニチュアカーをあちこち乗りまわすし、昆虫のような生物集団がもう一つの世界で動きまわったりする。だから、サイズの問題は重要であり、大人の本よりも、ずっと大きな役割を果たす。

軽さ

大人と比べて、子どもたちはしばしば陽気で、柔軟だ。大人たちは子どもたちより頑固で、真面目臭った顔をして、いろいろな責任を背負っている。だから、児童文学のユニークな特徴の一つとして、軽々と風に乗って飛ぶ登場人物が(ピーター・パンからメアリー・ポピンズまで)いっぱいいるというのは、驚くに値しないかもしれない。

元気のよさ

たぶん最も顕著なのは、児童文学が大人の作品と違うのは、お喋りする動物がよく出てきたり(たとえば、『ドリトル先生』のように)、生きた人形が出てきたり(『ピノキオ』のように)、自然の形象化(月の影をウサギに見立てたり自分の影を追いかけたり)が行なわれることだ。子どもたちにとって、宇宙はまるごと生きており、仲間でいっぱいなのだ。

文学におけるこれらの五つのテーマというか特質は、見方を変えれば、子どもの頃によく見られる感情や気持ちと言えよう。

アリソン・ルーリーは、児童文学の作家たちについて、興味深い特徴を見つけている。「児童文学の最も才能ある作家は、他の作家と違う」と、ルーリーは『永遠の少年少女――アンデルセンからハリー・ポッターまで』の中で述べる。というのも、ある本質的な意味で、児童文学の作家たちはみずからの子ども時代との結びつきを失っていないからだ。そうした考えを支持して、批評家のヒュー・ウォルポールは、子どものためにほんとうに感動的な物語を書くのは至難の業である、と述べる。なぜなら、彼によれば、「作家自身の思想や感性に子どもが大いに宿っていないといけないからだ」

それは正しいように思える。絵本作家として著名なモーリス・センダックがインタビューの中で、どうしてあなたのような子どものいない作家がこれほど子どもの気持ちが理解できるのか、と訊かれ、子ども時代についての彼自身の鮮明な記憶に触れて、「私もかつては子どもだったのです」と、的を射たことを言う。私がパメラ・トラヴァースに、なぜ彼女のメアリー・ポピンズ本が特に子どもにうけるのか、と訊いたとき、彼女はこう答えたものだった。「私は自分自身の子ども時代を忘れたことがありません。私は脇道にそれて、子ども時代の自分に相談するのですよ」

このような鋭い記憶力というものは、児童文学の才能ある作家たちの最も際立つ特徴かもしれない。八十歳になっても、自伝を書き、児童向けの詩や小説も書いているジョン・メイズフェルドは、子ども時代の奇癖すら思い出すことができる。若い頃に、身近にあるものに注意を払い、オモチャやビー玉の入ったオモチャ箱の中を何時間も見ていることができたという。

児童文学の最高に優れた作家たちは、大人になっても、自分の子ども時代とつながっていて、それを大事にしているので、子どもに向かって話すことができるのだ。反対側から、子どもの視点から見ると、それこそ、彼らの人気の秘密だと言える。子どもたちは、ある作家や作品を好みながら、その他の大勢の作家を無視するが、そのことは、子どもたちに、子どもたちの立場で話しかけることができる、ごく少数の選ばれし作家たちがいることをあらわしている。一言でいうと、すぐれた児童文学作家は――彼らの物語がそれについて話したり、明らかにしたりするように――子どもがどういう気持ちなのか、分かっているのである。

第一章　心地よさ

子どもたちにとって、テーブルの下で遊んだり、椅子と毛布でこしらえたテントの中でママゴトをしたり、大きなダンボールで砦を作ったり、家具の後ろに隠れて過ごしたりすることは、特別な楽しみだ。だからといって大人たちが、この手の楽しみを持っていないというわけではない。俗世間をはなれて、山小屋でのんびり過ごしている様子を頭に思い描いたり、レジャー用のＲＶ車に細かな装備を施しているときに大人たちが感じる特別な満足感が、これに近い。それでも、心地よさは、とりわけ子どもたちが求める感情なのだ。机の下で遊んでいる大人を目撃することなど、ないのだから。

子どもたちは心地よさを求める。だから児童文学が心地よい場所であふれているのは不思議なことではない。『たのしい川べ』の中で、ネズミとモグラは冬の嵐のなかで道に迷い、ずぶぬれになって悲しみに沈んでいた。そのとき二匹は、アナグマの地下の家という暖かな隠れ家を見つけるのだ。また、ピーターラビットが、外の世界でマクレガーさんにひどい目に合わされたあとに逃げ込むのも、地下の穴ぐらである。ベッドによじ登ると、ピーターラビットの母親がカモミールティーを持ってきてくれる。ピーターラビットにとってこのベッドは、ハイジが眠りにつく干し草いっぱいのベッドに似ている。アルプスの祖父の小屋にあるこの寝床は、あらゆる子どもたちが快適な気持ちになれる場所である。子どもたちが快適に感じることができるのは、テーブルの下の空間や、椅子と毛布でこしらえたテントの中、大草原の小さな家、木の上の小屋、砦の中、柵で囲まれた空間や洞窟の中といった、安全で居心地のよい場所なのだ。

『たのしい川べ』には、最も典型的な心地よさが描かれるシーンがある。モグラとネズミは、原生林の中で道に迷い、雪で身動きがとれずに夜を過ごす。ずぶぬれになり寒さに震え、途方に暮れるが、幸運なことにアナグマが住んでいる地下住居の入り口を見つける。アナグマが扉を開け、心地よさそうにしつらえられた、炎がパチパチと音を立てている暖かな地下住居へ二匹を迎え入れると、ブルブル震えていた二匹は救われた気分になる。「二ひきは転げるように中へと入り、うしろでとびらが閉まる音を嬉しそうに、ほっとした様子で聞いたのでした」。このシーンが示唆しているように、心地よい場所とは、快適さや安全性、安らぎや幸福感などの感覚と結びついた、避難所や安息所のことなのだ。

実際、児童文学に登場する心地よい場所には、分かりやすい特徴がある。たとえば、『建築ダイジェスト』のような雑誌に、子ども時代の心地よい場所についてのエッセイがあると仮定してみよう。心地よい場所の特徴をしめす、以下のようなリストを目にすることだろう。

囲われていること——モグラとネズミがアナグマの家のベルを鳴らすと、「部屋の内側から、ドアに向かって近づいてくる」スリッパの音が聞こえてきた。そして家に入ると、二匹は、「うしろでドアが閉まる音を聞いた」。心地よさとは、言い換えれば、「内側」と「外側」が対立をなしている世界に見られるものなのだ。モグラとネズミはドアを通って、境界線で内と外が区別された、あるいは境界線で囲まれた空間へと入っていく。

窮屈なこと——子どもたちは、テーブルの下やソファの背後、毛布で作ったテントの中や大きなダンボールで作った家の中といった、言うなれば胎内のように囲われたところで喜びを感じる。これは心地よさが、いかに窮屈な場所と結びついているかを物語っている。このことは、閉塞的な空間であるアナグマの地下住居にも当てはまる。こうした窮屈な空間での心地よさの感覚は、孤立や疎外によっても一層強められる。たとえば、ランダル・ジャレルの『陸にあがった人魚のはなし』では、ロビンソン・クルーソーのような登場人物たちが島の中の小屋を占拠しているし、ヨハンナ・シュピリの『アルプスの少女ハイジ』では、人里離れた祖父の小屋が山の上にポツリと立っている。しかもひとっ子一人住んでいない広大な土地や、山々に囲まれているため、その小屋が余計に狭い空間に思えるのだ。

小さなこと――サイズの問題も、囲われている感覚とつながっている。心地よい場所とは、比較的小さな場所である。たとえばローラ・インガルス・ワイルダーは自身の著書を、『大草原の小さな家』と名づけている。また、ピーター・パンと迷子の男の子たちが、ウェンディのために建てた小さな家も、「かわいらしいおうちがあったらいいのに。今まで見たこともないくらい小さなおうちが」という彼女の願いに沿ったものである。ビアトリクス・ポターの描く快適な空間もまた、小ぢんまりしたところであり、動物たちは四方を壁に囲まれた空間で生活を営んでいる。『二ひきのわるいねずみのおはなし』の中で、二匹のネズミの生活が人形の家の中で成り立っているように。

シンプルなこと――こうした縮小された世界、囲われた空間の根底にあるのは、人生をコントロールしたいという願望である。多くの持ち物に煩わされなくていいというのが旅の喜びの一つであるように、シンプルであるということが、心地よい場所で得られる喜びの一つなのだ。アナグマの地下住居は、豪華絢爛ではない。それどころか、「シンプルなものを好む」友人たちが居心地よく感じられる場所であり、アナグマはそこで「質素だが十分な」夕食をとっている。別の言い方をすれば、こうした家で生活をするということが、心地よい質素な生活、身の丈にあった清貧生活なのだ。シュピリの小説『アルプスの少女ハイジ』に登場する小屋もまた、暖かく質素な場所である。ハイジと祖父は、パンとチーズとミルクというシンプルな食事をとり、しかも小屋にはほとんど物がない。ハイジがやって来たとき、祖父はハイジのために椅子を作ってあげなければならなかったほどだ。彼らの簡素な生活は称賛に値する。「欲求はほとんどなく、願望は限られている」のだ。

しっかり整っていること――物がほとんどないので管理しやすいこともあるが、それだけでなく、囲われた場所は、物がうまく配置されて整然としている。クララの祖母がアルプスの小屋にハイジを訪ねてきたとき、祖母は「そこがうまくせいりせいとんされていること」に感嘆の声をあげる。似たような場面は『たのしい川べ』にも出てくる。ネズミがモグラの地下の家にやってきたときのことだ。モグラが、家具や装飾品が少ないことを詫びると、ネズミはモグラ邸の長所を興奮して語る。その様子は、まるでRV車の持ち主が、車を見に来たお客から絶賛されているかのようだ。「なんて素敵な家なんだ！」と、ネズミは褒めちぎる。「こぢんまりしているし！　おきかたがいいね！　ここにはあらゆる物がそろっていて、しかも、あるべき場所に置いてある！（中略）ここが客間だね？　おどろいたなあ！　君のアイデアなの、あのかべにつけたベッドは？　すばらしいの一言！」

人里から離れていること――心地よさは、守られた空間にもある。グレアムの小説『たのしい川べ』で、アナグマが作った地下の家をモグラが褒める場面がある。モグラはアナグマに、ここがどれだけ居心地がよくて、わが家のように落ちつけるかを伝えるのだ。「ひとたび地下に入ってしまえば」と、モグラは言う。「そこはきみのお城さ。誰もきみをおそってこないし、つかまることもない。ここじゃきみじしんが王さまだから、人に意見をもとめたり、人にしたがったりする必要なんてない。地上ではいつもどおりに事が運ぶけど、そんなこと気にしないで、放っておけばいい。地上にあがりたくなったら、あがればいい。地上はきみを待っていてくれるから」

アナグマはモグラに微笑みかける。「その通りだよ」と、アナグマは応じる。「この地下の穴ぐら以外には、安全も平和も安心もない。(中略)かべごしにこちらをのぞきこむおとなりさんに声をかけられることもないし、それに何より、天気がないのがすばらしい。(中略)地上はさんぽをしたり、生活費をかせいだりするのには最適だけど、最後に戻ってくるのは、この地下の穴ぐら。それが僕の考える家庭なんだ」

安全であること──アナグマの地下の家を褒めたたえながら、モグラは「誰にもつかまることがない」という点を強調している。心地よい場所とは、避難所でもあるのだ。たとえば、そこは危険な天候から身を守ってくれる避難所である。『アルプスの少女ハイジ』の中で激しい強風に襲われる祖父の小屋や、吹雪の真っただ中で避難所になるアナグマの地下住居がそれだ。悪天候のとき以外の避難所もある。たとえば、三匹の子豚がオオカミから逃れる煉瓦の家や、アンネ・フランクが身を潜める部屋などだ。あるいは、心地よい場所とは、ただ単に世の中の心配事から解放された場所だとも言える。地下の家に入りながら、モグラが言うではないか。「地上ではいつもどおりにことが運ぶけど、そんなこと気にしないで、放っておけばいい」と。

守りを固めていること——違った見方をすれば、心地よい場所とは、迫りくる外界の脅威から身を守ってくれる場所というより、むしろ積極的に内側から守りを固めている場所である。つまり、心地よさとは要塞のイメージ——たとえば、『宝島』に登場する防護柵のイメージの中にも見られるのだ。

自給自足ができること——守りを固めていることは、自給自足のイメージにも結びつく。たとえば、ロビンソン・クルーソーはひとたび生活必需品や調度品を砦の中に持ち込んだらはしごを引き上げてしまうし、子どもたちも同じようにせっせとツリーハウスに食糧を運ぶ。アナグマも冬越えのため蓄えをしっかり確保している。キッチンには束にしたハーブとネットに入った玉ネギ、かごに入った卵に、垂木からぶら下げたハムなどがある。後で、読者が告げられるのは、アナグマの部屋は「山とつまれたりんごやカブやジャガイモ、かごにいっぱいのナッツ、ハチミツの瓶で」半分近くのスペースが埋まっているということだ。地下の家で快適に冬眠をするアナグマは、食糧を常備している。食糧不足など、どこ吹く風なのだ。

所有していること——守りが固められた場所での安全は、そこが自分の場所であるということと結びつく。子どもたちが毛布でできたテントの中に逃げ込んだり、テーブルの下に隠れたりする行動は、「私」であることや「私のもの」であることの積極的な主張とみなすことができる。フロイトにとっては、幼児の初期の状態は、いわば大海に身をゆだねているような経験であるが、自己は他者と分離してはいない。しかし、自我の形成や成長とともに、他者との境界線が構築され、母親から幼児が、外側から内側が、外の世界から内なる世界が独立するのだ。「だめ！」「私の！／僕の！」といった言葉を使用するようになると、プライバシーと私有物の健全な主張に目覚め、自己主張が確固たるものになってくる。囲われた個人的な場所で一人遊びに興じながら、子どもは個性を養うのである。

隠れること――所有することの快感は、心地よさと隠れた秘密の場所との関係についても物語っている。プライベートな空間へと逃げ込む子どもは、いわば地理的、空間的な自己主張を行っているのだ。つまり、子どもにとって、両親や他人とは共有しない秘密を守るということは、個性の主張にほかならない。それは、まさにフランシス・ホジソン・バーネットの『秘密の花園』に見られることだ。この作品の若い登場人物たちにとって、壁に囲まれた庭に大きな価値があるとすれば、そこが彼らの秘密の場所であるということだ。だから、秘密を共有するメンバーを増やす決定をするまでは、大人たちに知られないように庭を守ろうとする。

心理学者はこう言うだろう。小さく、囲われた、窮屈な空間に快感を見いだしたいという心性は、結局のところ子宮回帰の願望に行きつく、と。しかし、それだけではない。自力で苦境を乗り切り、自我を主張し、自分自身の境界線を引くことによって、子どもたちは心地よい場所の中に、親しいものと自我との見事な融合点を見いだすのだ。すなわち、自分だけの「子宮」を。

くつろぎの時間

場所から時間へと目を向けると、ある種の状況が心地よさを引き起こしているということに気づく。たとえば、モグラとネズミは、冬の嵐に襲われてアナグマの居心地のよい家へと行きつき、その場所が避難所となる。濡れた体を乾かし温めることができ、リラックスをして休息できるからだ。気象学的に言えば、心地よさを誘発する絶好の状況は嵐である。『アルプスの少女ハイジ』の中で、祖父の小屋を襲った恐ろしい嵐は、避難所の心地よさと対比されることで、宇宙の脅威をいっそう劇的に知らしめる。イギリスに見られるような穏やかな悪天候でさえも、室内のくつろぎを膳立てする状況になりうる。『ドリトル先生航海記』の結末で、主人公はやっとのことで家に戻り、霧雨の中から客人たちを家に招き入れる。「イギリスの悪天候は、むしろ魅力だといえるね。キッチンの火でさえ、楽しみの一つにできるからね……四時か！　皆さん、こっちに来てください。ちょうどお茶の時間に間に合いましたよ」

嵐のほかに、心地よさを最も誘発する季節は冬である。とりわけ雪が降った後は。強烈なコントラスト——寒い野外と暖かい室内、雪に覆われたモノクロの世界とカラフルで鮮やかな世界——が境界線をはっきりさせ、心地よい安全地帯に価値を付与する。

少なくとも北半球においては、暦の上で心地よさをもたらす最良の日はクリスマスだろう。ルイーザ・メイ・オールコットの『若草物語』で最も感動的なのは、まさにクリスマスの日に、父親が戦争から帰還し、冷たい冬の外気から暖かい室内に足を踏み入れ、ドアを閉め、暖炉を囲んで妻と四人の娘たちと再会を果たす瞬間かもしれない。また、モグラとネズミがアナグマの家を訪れるのも、クリスマスの休暇中である。

しかし、何よりも心地よさにふさわしい時間は夜のベッドタイムである。ハイジが祖父の小屋に住むことになったとき、どこで寝るかを祖父はハイジ自身に選ばせる。いろいろな場所を見てまわり、ハイジは屋根裏部屋にのぼり、干し草をかき集めて心地よさそうな寝床を作るとシーツをかける。夜になると、そこに引きこもり、うとうとする。そのあとにくるのは、「眠る子ども」の絵と呼べそうな、ごくおなじみの感動的なシーンだ。祖父はハイジがアルプスで初めて過ごす夜に怖がっていないかと心配し、様子を見にいく。「おじいさんははしごをのぼり、ハイジの寝床のそばに立った。(中略)ちょうどそのとき、月の光が丸窓から差し込み、ハイジの寝床を照らしていた。ハイジは分厚い掛け布団の中で横になっていた。眠る彼女の頬はバラ色で、頭は小さくふっくらした腕にそっと乗せられていた。赤ん坊のようなその顔は、まるで何か楽しい夢を見ているかのような、幸福そうな表情を浮かべていた」

だが、その作品の中盤で、ハイジは祖父から引き離され、フランクフルトに送られて、知らない人の家で生活することになる。ゼーゼマンの邸宅で、心が休まることなく、独断的な家庭教師のミス・ロッテンマイヤーにも悩まされる。ハイジはまるで自分の巣ではなく、鳥かごの中の鳥のような気分になる。ハイジはホームシックにかかり、病気になる。ハイジの苦しみは、睡眠障害によって明らかになる。夢遊状態で歩きまわり、いつも邸宅のドアを開ける。そうすることで、ハイジは自分の逃亡願望を表わす。幸いなことに、ゼーゼマン家のかかりつけの医者が精神病に精通した人で、ハイジの病気と夢遊病の治療法を指示し、ハイジはアルプスに送り返されることになる。

こうして、ハイジは祖父と再会を果たすことになるが、それはこの作品で最も感動的な場面である。この帰郷は、心地よさと安らかな睡眠への帰還でもある。

あとで、ハイジが家の中に入ると、ベッドが自分のために整えられていることに気づいた。干し草が高く積み重ねられていて、いい香りがした。中に運び入れたばかりだった。おじいさんは慎重に干し草を散らせて清潔なシーツでくるんでおいたのだ。その夜、ハイジは幸せな気持ちでそこに横になり、アルプスを離れていたどんな夜よりも安らかに眠った。その夜、おじいさんは少なくとも十回は目を覚ました。ハイジが大丈夫かどうか確かめに、はしごをのぼり見にいった。(中略)しかし、ハイジは身動き一つせずに、一晩中、安らかに眠っていた。やっとのことで、ハイジの心の渇きと望みが満たされたからだった。

心地よさと安眠のこうした関係は明らかである。十分に休息を与えてくれる睡眠には、たとえ昼時の軽い眠気であっても、安全で安らげる状態が必要なのだ。つまり、脅威を感じることのない心地よさ、リラックスできる幸福感が。犬だって、こうした状況が満たされていなければ体を丸めてうとうとしたりしない。睡眠のためのこういった状態――平穏さ、安全性、快適さ――は、心地よさの描写に行きつく。心地よい場所とは、人が眠りについたり昼寝ができる場所と言えるかもしれない。

こういった時間的な諸条件――冬のクリスマス、夜のベッドタイム、眠りながら夢を見ていること――がクレメント・ムーアの著名な詩「聖者ニコラスの訪問」に登場する。「ふっくらと積もったばかりの雪を見下ろす月明かりの中」で、もうすぐサンタがやってきそうだ。

いまはクリスマス・イヴ。家じゅう、みんな眠ってる
起きてる者は一人もいない。ネズミでさえも
煙突のそばには靴下が、丁寧につるしてあり
聖者ニコラスの到着を、今か今かと待っている

これもまた、『アルプスの少女ハイジ』に見られた「眠る子ども(たち)」の絵である。祖父はハイジが屋根裏部屋の寝床で「何か楽しい夢を見」ながら心地よさそうにしている姿を確かめた。こ

ちらの詩でも、「ベッドの中で心地よく夢見る」子どもたちの頭の中で、砂糖菓子が踊っている。

空想のための隠れ家

カナダの神経科医ワイルダー・ペンフィールドの、今では有名になった研究によると、人間は生物学的に夢を見る必要があるという。ペンフィールドがおこなった実験で、被験者たちは眠ることが許されていたが、夢を見そうな最初の兆候(目の素早い動きを伴う睡眠、つまりレム睡眠)があらわれるたびに起こされて、夢を見させないようにされた。夢を見る機会を奪われると、被験者たちは健康を害し、心を取り乱し、精神異常をきたすようになる。実のところ、ペンフィールドはその実験を一ヶ月続けるつもりだったが、被験者たちが奇怪な態度を見せ始め、危険なので、たった一週間で打ち切らざるを得なかった。

人間が夢を見る必要があるとすれば、それはなぜなのか。鋭い読者ならもうお気づきだろうが、夢を見ることは、目覚めているときに私たちが経験する様々なことを「物語」にすることである。つまり、諸々のイメージや、首尾一貫したお話にすることなのだ。それによって、私たちの日常生活を多少なりとも意味のあるものと感じさせるために。たとえば、仲間が貪欲で困っているならば、宝箱をガードする恐竜の夢を見るかもしれない。あるいは、恥をかくようなことを心配しているならば、裸になった夢を見るかもしれない。そういう意味では、夜にはすべての人が創作家になる。

また、このようにして、夢物語は私たちが目覚めている時の、数多くの様々な体験を一つにまとめ、互いに結びつく整然としたものに変えるのだ。

『ピーター・パン』の冒頭で、著者のジェームス・バリーはこうした現象について語っている。子どもたちの昼の生活は、多種多様で雑多な出来事でいっぱいである、と。すなわち「学校での初日、宗教、父親、丸い池、裁縫、殺人、壁紙、間接目的語をとる動詞、チョコレート、プディングの日、(中略)自分で歯を抜くといったことなど」で。これらの出来事や人生を意味あるものにするために、子どもは夜に夢を見る必要がある。そうした雑多な出来事を集めて、一つのまとまりのある物語に、夢のような類似事件でいっぱいのパラレル・ストーリーに変えるのだ。たとえば、ジェームス・バリーは、昼の様々な経験は一つのまとまりのある話になるかもしれない、と述べる。「珊瑚礁と沖合に見える傾いた船舶、野蛮人と孤独なねぐら、ほとんどは洋服の仕立て屋をしている小人、中に川が通っている洞窟、六人の兄を持つ王子たち、素早く朽ちていく小屋、かぎ鼻のとても小柄な老婦人」といった夢の形をとる、と。

だが、私たちは一歩進んで、ペンフィールドの実験によって明らかになった夢の生物学的な必要性は、空想として知られている人間の行動を見ても、明らかだと言いたい。バリー自身も、夢と空想を関連させている。夜に夢の中でおこなわれる物語づくりは、子どもたちが「椅子とテーブルクロス」で作ったテント――この章で私が重要だとして取りあげてきたイメージを使っているではないか――で遊んでいるときにもおこなわれている、と。

子どもたちは空想を必要としている。だからと言って、大人たちはこのような必要がないというわけではない。大人たちが白昼夢を見たり空想にひたったりすることがないというわけでもない。大人たちにも必要なのだ。だが、子どもたちの行動がしめす通り、子どもたちの方がより空想を必要としている。子どもたちはただ単に机の下で遊ぶだけでなく、絨毯の上で小さな人形を動かしたり、家のまわりをオートバイの音を立てて走りまわったり、テディベアに話しかけたり、人形のためのお茶会を開いたり、丸太で作った馬で駆けまわったり、空想上の友達に歌を歌ったりもする。これらは、子ども時代に見られる想像力に富んだ遊びや空想のリストの一例に過ぎない。こういった例は、子どもの方が大人よりも空想——目覚めているときの物語づくり——が必要であることを示唆するものだ。たとえば、重役の職務内容に、一日二時間机の上で小さな人形を動かすのを許可する、などと書いてあるはずがないのだから。

したがって、心地よさと空想にはつながりがあると言える。ガストン・バシュラールは名著『空間の詩学』で、いかに家庭が夢を見るための隠れ家になるかに言及しているが、いま、私たちはその論を発展させて、子どもたちにとって、心地よい場所とは空想のための隠れ家であると言うことができる。大人は睡眠をとったり夢を見たりするために、安全で心地よい場を必要とする。それと同様に、子どもたちもお話を作ってごっこ遊びができるように、快適で安心できる空間を必要とする。そうすることで、自分たちの欲求を満たしたり、自分たちの人生を理解できるものにするのだ。心地よい場所とは、空想する子どもたちが、心おきなくお話づくりに専念できる場所なのである。

ぴったりの場所

もちろん、一人の子どもの心地よい場所が別の子どもにとって閉所恐怖症を引き起こす場所になることもある。児童文学には、心地よい場所とは正反対のイメージもあらわれる。たとえば、ピノキオとゼペットを閉じ込める鯨のお腹、魔女がヘンゼルとグレーテルを閉じ込める牢獄のようなお菓子の家《ジンジャーブレッド》、自然児ハイジが逃げだしたいと願うフランクフルトの息苦しい邸宅。『たのしい川べ』の中にもいい例がある。アナグマとモグラ(二匹とも地下動物)が、居心地のよい地下の聖域が楽しくて仕方ないのに対して、ネズミ(いつも窓を開け放って眠る地上動物)は、アナグマの地下住居で次第に落ち着きを失い、そんな息苦しい場所から逃げ出したくなる。

文学作品に登場する子どもたちの中には、心地よい場所を望まずに外での活動を望む子もいる。『宝島』のプラッキー・ジム・ホーキンズは「ベンボウ提督亭」という宿屋の彼の部屋で海賊に罠にかけられて、重苦しさを感じる。また、りんごの樽に隠れて海賊が陰謀を立てているのを耳にすると、閉所恐怖症に囚われる。閉じ込められていた船から島へと逃げ出して、ようやく気分が晴れる。自由に探検したり歩き回ったりできるからだ。トム・ソーヤーも、マクドゥーガルの洞窟で罠にはめられたり、ポリー叔母さんの家に閉じ込められたりして、囚われの気分になる。トムはあちこち出歩いたり、学校をずる休みしたときだけ、気持ちがよくなる。塀に漆喰を塗るような退屈な仕事をさぼったりするときには特にそうだ。つまり、心地よい隠れ家を探す子もいれば、自由な野外をめざし、「僕を閉じ込めないで」と主張する子もいるのだ。

囲われた空間が安心できる良い場所なのか、それとも窮屈で嫌な場所なのかは、子どもがそこを安全だと感じるかどうかで決まる。エリク・エリクソンが『幼児期と社会』の中で指摘しているように、「基本的な信頼」、すなわち世界が大なり小なり危険でないという実存的な自信を培うのは、子ども時代で最初の、最も基礎的な段階においてなのだ。基本的な信頼が失われると、子どもは人生が予測できず、危険に満ちあふれたものであると感じる。そうした不安な気持ちが空間的な形をとると、世界は恐ろしいほど広漠として、何の支えもない場所に見えてくる。

ローラ・インガルスの『大草原の小さな家』で、開拓者一家が家を建てる前に、少女はそこでの生活とカンザス準州をどのように捉えていたのか。作品から引用すると――、

カンザスは無限の平原である。(中略)彼らは来る日も来る日も幌馬車で旅をした。波打つ草原と広漠たる空以外何も見えなかった。空は完璧な円になるように曲線を描いて水平の大地につながり、幌馬車は、その円の中心にいた。(中略)[夜になると]、キャンプファイアーは、広大な空間の中ではちっぽけで、あるかないかも分からなかった。(中略)次の日も、同じ大地、同じ空で、円も変わらなかった。(中略)草原の遥か遠くの方で、狼たちが吠えた。

この広大な冷たい宇宙の中で、少女は自分がちっぽけな存在だと感じる。「彼らのまわりには、空の淵まで広がっている草原以外何もなかった。（中略）大地も空も広すぎるように思え、少女は自分がちっぽけな存在に感じた」。ここでの感情は、パスカルが『パンセ』の中で星を見つめているときに言う言葉「こういう果てしない空間の静寂は、私にとって恐ろしいだけだ」と同じものである。

広大な場所での空間的な安心感の欠如、つまり不安や無防備な感覚はラッセル・ホーバンの『親子ネズミの冒険』で戦いの最中に主人公たちが感じるものである。そこでは、動物たちが「領土」をかけて戦っている。主人公たちは領土とは何かを尋ね、こう教えられる。

「領土とは自分たちの場所さ」太鼓打ちの男の子が言った。「そこではすべてしっくりくるんだ。夜でも昼でも、逃げ道や隠れ家がどこだかわかる。自分の領土を得るためにみんな戦ったし、みんなの父さんたちも戦った。そこにいると、自分が安全で、強いって感じられるんだ。いつ戦いをしても、そこなら勝てる」

「そこは自分の場所だよ」横笛吹きが言った。「他のやつの領土はそうはいかない。別のやつの領土じゃ、吐き気がして、びくびくして逃げ出したくなる。そこだと、たいてい相手側が勝つんだ」

この情報は父親のネズミを悩ませる。「もし自分の領土がなかったら、チャンスなんてあったのだろうか」と。

正確に言えば、心地よさを感じることは、広大さがもたらす実存的な不安の治療法である。心地よい場所とは、脆さが安心や快適さと交換される、囲われた場所のことである。ついに大草原の小さな家が完成したとき、ローラはようやく幸福を感じる。「またちゃんとした家で暮らせるようになって、よかったわ。（中略）暖炉の炎が楽しげにパチパチと音を立て、丸々と太ったカモの料理が作られ、トウモロコシパンが焼かれて。すべてが心地よく、快適だった。（中略）万事順調だった」

したがって、心地よい場所とは安心を守る要であり、安全な「投錨地」である。魂が落ち着きを取り戻し、幸福が確保される。さらに重要なことに、この安全の中心地から基本的な信頼と幸福の感覚が世界全体に向かって広がっていくのだ。

バシュラールはこうした幸福感を子どもたちがよく描く絵と結びつける。その絵は時に「幸福な家」と呼ばれたりするが、四角い家で、そのずんぐりした形が大地に深く根づいていることを暗示する。家にはドアがある。この家は人々が出入りする場所だからだ。そこには窓もあり、それは「内側」と「外側」の対比を際立たせる。煙突もあり、見るからに暖かく、人が住んでいるその場所から、勢いよく煙が立ちのぼっている。また、しばしばその家は、背の高い保護林や、幸福そうに咲く花々に囲まれている。時には、高い山々が家をかくまってくれていて、山の麓には時間の流れが川となって流れている。そして太陽はというと、それらすべてに降り注いでいるのだ。

第二章　怖さ

私がこれまで感じたところによると、大人は子ども時代が恐ろしいものであり、児童文学が恐ろしい世界であると指摘されるのを嫌がる傾向がある。多くの大人たちは、幼い頃のことを忘れてしまい、子ども時代についてセンチメンタルに考えたがる。つまり、子どもたちはトラブルのない世界で幸せに暮らしていて、そこでは太陽が常に輝いているのだ、と。同じように、大人たちは児童文学についても、優しく可愛らしいものだという甘ったるい考えを持っている。そうした幻想を失わないために、幸せで楽しい場面にのみ飛びつき、そうではない出来事には目もくれないのだ。

ビアトリクス・ポターの動物の物語を例に挙げてみよう。この一連の短い物語の話になると、決まって大人たちは甘い感傷に浸ったような表情を浮かべる。この物語に出てくる気を揉むような多くの瞬間のことは忘れてしまっているからだ。物語の中で、母親はピーターラビットに、マクレガーさんの庭に入ってはいけない理由をこう説明する。「あなたのお父さんはあそこで事故にあったの。マクレガーさんはお父さんをパイにしてしまったのよ」と。ポターは死について触れるとき、言葉をやわらげたり尻込みしたりしない。現実に、ピーターが禁じられた庭に入ると、物語はすぐに恐ろしいものになる。「キュウリが植えられた花壇の端をまがると、ピーターが出くわすのはまさにマクレガーさんなのだ」

実際のところ、ポターの物語の世界は可愛らしいどころか、むしろ絶え間なくつづく恐怖と脆さの世界である。子猫のトムは渦巻きプディング（＊イギリス伝統のお菓子）に縛りつけられ、危うく誰かの夕飯になるところだったし、ジェレミー・フィッシャーは鱒に飲みこまれ、アヒルのジマイマはキツネに命を狙われる。また、リスのナトキンはフクロウにかぎ爪で捕まえられ、ベンジャミン・バニーはネコに捕まる。だが、甘い感傷を払いのけてポターの物語を読み直すことのできる、正直な大人たちしか、ポターの作品のこうした本質的な恐ろしさに気づくことはないのだ。彼女の描く世界を読むこととは、湖水地方の別荘で休暇を過ごすようなものではなく、むしろ「恐怖の館」というアトラクションの廊下を歩いていくようなものである。

私には、大人たちが自分たちの望むものだけを覚えているように思える。大人たちは『ぞうのババール——こどものころのおはなし』の話になると郷愁にひたる。物語が始まって六行で、ジャン・ド・ブリュノフがトラウマについて話すことも忘れてしまう。「悪いハンターたちが茂みに隠れてババールと母親を撃ったとき、ババールは母親の背中に乗っていた。ハンターはババールの母親を撃ち殺してしまった」

あるいはローラ・インガルス・ワイルダーの『大草原の小さな家』を例に挙げてみよう。子どもの頃のお気に入りの物語は何かと尋ねられて、ほとんどの大人たちは『大草原の小さな家』というタイトルが想起させるイメージだけにしがみついているように思える。まるでカンザスの平原で、ハイジの祖父の小屋と同じような物語が繰り広げられているかのように。だが、大人たちが記憶しているこの上ない幸福感とは裏腹に、実際の物語は、次々と家族を襲う危険であふれている。たとえば、西部への旅の途中、一家の幌馬車は溶けかけた氷の上から危うく転落しそうになり、その後も荒れ狂う川に押し流されそうにもなる。家を建てているときには、インガルス家の母親は落ちてきた丸太で怪我をし、隣人は井戸を掘っているときにあやうく死にかける。ある時には小屋に火がつき、またある時には小屋は草原の大火事に脅かされる。また、先住民たちが開拓民を攻撃するかどうかを話し合っている最中、一家全員が熱を出し、深刻な病気にかかる。夜になれば、ヒョウやオオカミの鳴き声がするのだ。『大草原の小さな家』の最も代表的なイメージは、真夜中にオオカミたちの群れがドアを引っ掻いているときに、父親が窓辺に銃を抱えて立ち、怯えた家族が体を寄せ合っている場面だろう。

そもそも怖くないおとぎ話など、あるのだろうか。白雪姫は毒りんごを持ってやってくる魔女に襲われるし、『ジャックと豆の木』のジャックは、豆の木を登ったら巨人に襲われる。赤ずきんはずる賢いオオカミに遭遇し、ヘンゼルとグレーテルは危うく魔女に夕食にされるところだった。

実際のところ、怖さは大人向けの物語よりも児童文学において大きな役割を果たしているようだ。

大人にとって、怖い物語のマーケットは限られている。確かにスティーヴン・キングのような作家のスリラー小説を楽しむ人もいるが、ロマンスや探偵もの、SFなどを好む読者も大勢いるからだ。しかし、子どもたちにとって、怖さはあたり前のことであり、児童文学のほとんど至るところに存在している。たとえば、ヴォルデモートがハリー・ポッターにそっと忍び寄り、インジャン・ジョーがトム・ソーヤーをしつこく追いまわす。また、ジョン・シルバーがジム・ホーキンスに陰謀を企み、マクレガーさんがピーターラビットを追いかけまわす。おとぎ話では、継母や魔女たちが少年や少女に危害を加えたりする。

もちろん、子どもたちは怖がりやすい。大人たちを怖がらせるよりも、ちびっこを震えあがらせる方がたやすい。映画になった『オズの魔法使い』で魔女を演じているマーガレット・ハミルトンなら、「捕まえちゃうよかわいい子ちゃん。お前の子犬も一緒にね！」と言いドロシーを脅かす場面で、座席に座っている子どもたちをも震えあがらせることができるだろう。しかし、『羊たちの沈黙』のハンニバル・レクターがしめした例によると、神経衰弱の法則——刺激を頻繁に感じることによって感覚が鈍くなること——のせいで、感覚が鈍ってしまった大人たちは、もっと強い刺激の恐怖がないと心臓が激しく鼓動することはないという。

以上のようなことがしめしているのは、怖さは大人の生活よりも子どもの生活において、鋭い効果を発揮するということだ。それは真っ暗闇の中で一人ぼっちで布団に入るときの怖さかもしれない。あるいは、掃除機が出す今にも襲ってきそうな音や、バスタブの排水口が水を吸いこむときに出す不快な音によって誘発される恐怖感かもしれない。また、校庭でいじめられる怖さかもしれない。子どもたちが寄りつかない、近所の老夫婦の家によって引き起こされる恐怖かもしれない。または、危険人物と見なされている者や、子どもたちを捕まえようと待ち構えている者など、よその大人たちがもたらす怖さかもしれない。

子どもたちの日常生活は、大人が信じているのとは裏腹に、明るさや愛らしさだけから成るわけではない。児童文学にも、大なり小なり不安や恐怖が存在する。しかし、子どもたちにはどの恐怖や不安が「大きく」、どれが「小さい」のか分からない。ランダル・ジャレルは自身の詩「図書館から本を選ぶ子どもたち」の中で詠っている。「子どもたちの物語は魔女や巨人であふれている／現実世界がそうだからだ」と。

善さへと向かう怖さ

批評家ジャック・ジップスが薦める「世界で最も有名な児童文学」は、ハインリッヒ・ホフマンの『もじゃもじゃペーター』である。もしかしたらアメリカではそこまで知られてはいないかもしれないが、この本は、一八四五年にドイツで出版されて以来、ヨーロッパの子どもたちに多くの悪夢をもたらし、今でも子どもたちを怖がらせつづけている。

挿絵が入ったこの物語の目的は明らかに、子どもたちを怖がらせていい子にさせるということにある。たとえば、この本の中には、マッチで火遊びをするハリエットが焼け死んでしまったり、スープを飲もうとしないオーガスタスが棒のようにやせ衰えて、五日後には死んでしまうという話が出てくる。しかし多くの人の意見によれば、最も恐ろしいのは「親指しゃぶりのお話」であるという。その話では、コンラッドという少年が母親に親指をしゃぶるという悪い癖を注意されるが、母親が背中を向けると指を口に入れてしまう。すると、ハサミを持った仕立て屋の男が、いきなりドアから入ってきて、男の子の親指を両方とも切り落としてしまうのだ。最後の挿絵には、痛い目にあい、指を切断され血を流しているコンラッド少年が描かれている。

「子どもの頃、『もじゃもじゃペーター』が怖かった」と、小説家のマリーナ・ワーナーは述べている。それはこの本に対する、人々の典型的な感想だ。

私も親指をしゃぶっていたものだから、この話は私にとって全然おもしろくなかった。この話と同様に、仕立て屋がぴょんぴょん跳ねるハサミを取り出して、私を捕まえて指を切り落とすんじゃないかと思って、本当に恐ろしかった。初めて『もじゃもじゃペーター』を読んだのは七歳頃で、それにあまりにもひどく取りつかれてしまったから、ハサミを持った男の場面を何度も読んでしまった。とても耐えられなくなって、庭仕事している父親に頼んで、本をたき火の中に入れて燃やしてもらった。

それから百年足らずして、今や多くの人々に愛されているモーリス・センダックの『かいじゅうたちのいるところ』が出版され、新たに怖い本が登場した。冒頭で主人公のマックスは悪さをはたらいて、気がつくと、ホフマンの仕立て屋のように恐ろしい外見をしたかいじゅうたちの国にいた。「彼らは恐ろしい声でうなり、恐ろしい歯をきしませ、恐ろしい目をぎょろぎょろさせ、恐ろしいかぎ爪を見せていた」。しかし次の場面で、センダックはホフマンとは劇的に違う道をたどる。

センダックのマックスは、ホフマンの親指のないコンラッドと違って怖がりではない。かいじゅうたちはマックスを怖がらせようと、あらゆる手を尽くす。しかしそのあとマックスが、「一度も瞬きをすることなくかいじゅうたちの黄色い目を覗きこむという不思議な技を使うと、かいじゅうたちは怖がり」、マックスは逆に彼らをぎょっとさせ、「手なずける」のだ。そして、物語が進んでいくにつれて、マックスが指揮をとるようになり、マックスの命令にかいじゅうたちが従うようになる。

『もじゃもじゃペーター』と『かいじゅうたちのいるところ』は、怖さを使った二つの異なる物語の系統に位置する。一つは子どもたちを怖がらせていい子にしつけるというものであり、もう一つは子どもたちが恐怖に打ち勝つように励ますというものである。この異なる特徴は、よく知られている二種類のおとぎ話を考察すると、ずっと明らかなものとなる。

シャルル・ペローの「赤ずきん」は、子どもたちに注意を促し、教訓を与える物語である。このおなじみの物語では、純粋無垢な少女が森の中を歩いていると、ずる賢いオオカミに出会う。オオカミは先回りして赤ずきんよりも早くおばあさんのところへ行き、おばあさんを食べて、その洋服を身につける。オオカミは赤ずきんを欺き、襲いかかって彼女のことも食べてしまう。そして物語が終わったあとに、純真無垢であることの危険性を説いた教訓と、少女たちにとっては、信用すべきでない男どももいるのだ、という教訓が書き添えられる。このペローの物語には、ハッピーエンドがもたらす安堵感はない。実際、『もじゃもじゃペーター』や、危険を知らせるその他の物語と同様、ペローの物語は、子どもを身震いさせ、恐ろしい結末の意味を警告というかたちで、子どもに考えさせる。

ペローの、不意を打たれるような結末はグリム兄弟も悩ませたようだ。なぜなら数十年後に、グリム兄弟版の「赤ずきん」を発表したとき、この結末部分を大幅に書き足したからだ。グリム兄弟版では、オオカミが純粋無垢な少女を食べてしまうのだが、たまたまそこに猟師が通りかかり、オオカミの腹を切り開き、まだ生きているおばあさんと少女を救いだす。そして猟師がオオカミの腹に石を詰めると、悪者オオカミは逃げだし、死んでしまうのである。しかし、グリム兄弟は、悪者へのこうした仕打ちを付け足しても、このハッピーエンディングでは満足できなかったようだ。彼らは結末をさらに発展させる。赤ずきんがもう一度森に入ると、別のオオカミに出くわす。しかし、今度ばかりは赤ずきんも、だまされることなくおばあさんの家めがけて一目散に駆けだし、そこで二人は力を合わせて悪党をやっつけることに成功するのだ。

ペローとグリム兄弟によって書かれた、同じ物語の二つのバージョンによって、恐怖によって子どもを震えあがらせるという系統と、子どもが恐怖に打ち勝つという系統と、二つの異なる系統が明らかになる。ペロー版は、子どもに恐怖感をもたらすが、それが和らげられることはない。子どもに対する警告として物語が書かれているため、幸せな結末が欠けている。『もじゃもじゃペーター』と同様、ペロー版の「赤ずきん」も子どもを震えあがらせ、彼らが教訓を得ることが期待されている。ペロー版の唐突な結末では、教訓的な文章が書き添えられているにとどまるが、違った意味で教訓的なグリム兄弟版の結末では、主人公の少女が教訓を学んだことが分かる。グリム兄弟版のハッピーエンドでは、恐怖感は最終的に和らげられている。主人公の子どもが、恐怖を克服する力を獲得して、その力を発揮するために、あえて恐ろしい状況に投げ込まれるのである。『かいじゅうたちのいるところ』の中で、かいじゅうたちよりも優位にたったマックスのように、グリム兄弟の描いた小さなヒロインも、オオカミという猛獣に打ち勝ったのだ。

最近では、子どもを震えあがらせる系統の物語は人気を失ってしまい、ホフマンの指なしコンラッドのお話も、彼が描いた他の恐ろしいお話も、あまり好ましくないもの、あるいは古臭いものという印象を受ける。実際、私がこの本を書いている今、ブロードウェイでは『もじゃもじゃペーター』をもとにした演劇が上演されており、子どもの教育と流血を結びつけたホフマンの奇怪なお話は、ただの笑いを誘うものになってしまっている。もしそうした笑いが、恐怖に打ち勝ったということであるならば、レモニー・スニケットの『世にも不幸なできごと』のシリーズが人気を博している理由も分かる。そのシリーズでは、奇想天外だが、どこか滑稽でもある、不幸な出来事が描かれている。私たちが生きている現代社会では、恐怖に打ち勝つことだけが、恐怖から身を守る方法である。この現実は、あまりにも用心深い親の考えや、「お上品」な世論――子どもには陽気で、危険のない物語のみを教えるべきだ――とは対照的である。

実際、一九六三年にセンダックの『かいじゅうたちのいるところ』が出版されたとき、「子どもには恐ろしすぎる」という批判をした、幼児教育の専門家が複数いた。のちに、この作品が最も優れた児童絵本に与えられるコールデコットメダル（*イギリスの挿絵画家コールデコットにちなむ）を授与されたとき、センダックは受賞スピーチで、批評家たちに直接反論した。最初にセンダックは、子ども時代を心配事のない時代だと見なしている批評家たちのセンチメンタルな考えに異議を申し立てた。「しばしば見過ごされている事実があります。それはとても早い段階から、子どもたちは分裂した感情とともに生きているということ、それから、子どもたちの日常生活には恐怖や不安が内在しているということ、そして、子どもたちはいつも精一杯、障害を乗り越えようとしていることです」。そして、恐怖の支配に関する持論を展開し、恐怖心に立ち向かい、それを克服するという意味において、自らの作品の正当性を主張した。センダックはこう述べる。「子どもがカタルシスに達するのはファンタジーを通してです。それはかいじゅうたちに打ち勝つための最良の方法なのです」と。

心理学者のブルーノ・ベッテルハイムは、いくつかの賞を受賞した『昔話の魔力』の中で、センダックと同じような主張を展開している。その中でベッテルハイムは、赤ずきんをむさぼり食うオオカミや、白雪姫を殺そうとする魔女、シンデレラを虐待する継母といった身の毛もよだつような物語に、子どもたちがさらされるべきではないと主張する世論や専門家から、おとぎ話を擁護している。そうした意見に対して、彼はおとぎ話に描かれる恐ろしい出来事や、怖い登場人物たちを肯定する三つの論点を繰りだす。

(一)おとぎ話は子どもたちを騙さない。世界には悪が存在するということを、正直かつありのままに認めている。

(二)子どもたちの恐怖心に対して、見て見ぬふりをしない。子どもたちの恐怖心を見くびったりせず、おとぎ話はそれを率直に描き、伝える。

(三)おとぎ話のような古い話には、子どもたちが自分自身の力(度胸や勇気や聡明さ)で悪者や自身の恐怖心に打ち勝ち、ヒーローやヒロインになれるということを示唆する教訓や、模範例が提示されている。

怖い物語を擁護する論、つまり恐怖心を克服することを擁護する論を唱えながら、ベッテルハイムは次のような疑問を投げかける。もしヘンゼルとグレーテルをオーブンに投げ込む魔女がいなかったら、彼らはどうやって英雄になるというのか、と。

不快という喜び

子どもたちは怖いことを好む。だからこそ、ジェットコースターには、大人より子どものほうが多く乗っている。子どもたちはパジャマパーティーで怖い話をするし、ハロウィーンも大きな楽しみだ。神が創りだした生物の中で、小さな子どもたちのお気に入りは恐竜だ。恐竜は、怖いけれども絶滅していてもういないということが、大きな強みになっている。このような子どもの喜びには、どこか逆説的なところがある。怖いという感情の根底にあるのは、激しい不快感なのだ。

怖いときの身体的な症状を考えてみよう。それは本能的な体験である。身体がむずむずしてぞっとし、鳥肌がたち、冷や汗が吹き出る。そして「真っ青」になり、「幽霊のように青ざめ」たりする。映画版の『オズの魔法使い』の中で、ドロシーと仲間たちが不安感に襲われ始める（「ライオンに、トラに、クマまで！なんてこと！」）ときのように、私たちはガタガタと音を立てるブリキの木こりのようになり、不安におののき、ブルブル震えたり、小刻みに震えたりする。私たちは怖さを感じるとき、『スリーピー・ホロウ』の中で首なし騎士に遭遇するイカボド・クレーンのような身体的な特徴をしめす。「歯はカタカタと音を立て」、「心臓はドクンドクンと激しく打ち」、髪は「頭の上で逆立ち」、そして「カラカラに乾いた口は、きつく閉じられている」。

こうした身体的な症状だけでなく、怖いという感情は精神的な苦痛も生みだす。私たちは怖いとき、不安を感じたり、怖気づいたり、ぞくぞくしたり、怯えたりする。また、疑心暗鬼に陥ったり、突然の不安に襲われたり、深憂したりする。ためらい、たじろぎ、委縮し、すくんだり、尻込みしたり、縮みあがったりもする。危険やパニック、何か危機的なことが差し迫っているのではないかという恐怖心が、私たちをめちゃくちゃにするのだ。

大人も、精神的にだめになる。怖いとき、私たちの思考は止まるのだ。死ぬほど怖いときは、平静さを失う。その一方で、恐怖心が募ると、私たちの思考は極度に敏感になる。私たちは危険を警戒し、様々なことを予想して、極限まで張りつめた状態に置かれるからだ。

このように多くの、深刻な苦痛にもかかわらず、子どもたちは怖いという状態をどのように楽しんでいるのだろうか。さらに言えば、子どもたちは怖いお話を聞いたり、読んだりすることの中に、どうやって楽しみを見いだしているのだろうか。

これらの疑問に答えるためには、大人が子どもとおどかしっこをしたり、あるいは、「ガオー！」と叫びながら子どもを追いかけまわす怪獣になりきっているときに、どんなことが起こるのかを考えてみればよい。最初は、子どもは飛びあがって驚く。顔から血の気が引き、目は見開き、口はOの形に開き、その子は息をのむ。まるで、あまりの苦痛に全細胞が死んでしまったかのようだ。しかし次の瞬間、流れが変わる。その子は私たちの悪ふざけをおもしろがり、笑いだし、顔の血色がよくなり、目はキラキラと輝く。怖さを楽しく体験しながら、衝撃は喜びに変わるのだ。

しかし、おどかしっこ遊びがうまくいかない場合も考えてみよう。たとえば、知らない人が小さな子どもに「ばあー」と言うと、その子は本当に飛びあがって驚き、終始身震いして泣きつづけ、逃げだして両親に慰めてもらうことになる。この二つの状況の違いは何なのだろうか。

子どもが喜ぶときは、怖さというのは子どもがこれまで経験してきたことの積み重ねの中に置かれる。これは「ゲーム」だと子どもは気づくことができ、「今まで楽しんできた遊びと同じだ」と知る。これは「怖いフリで、僕／私は本当に危険なわけじゃないんだ」と。しかし、おどかしっこ遊びがうまくいかないときは、こうした状況や前後関係が欠落していて、安全網はない。この場合、怖がったあとのその子の表情に血の気は戻らない。身震いし、最高潮に達した怖さのせいで、顔に赤みが戻ってくることはない。おどかしっこ遊びが成功した場合、子どもの顔には血の気が戻ってきて、その子は喜びでさらに生き生きして見える。うまくいかない場合は、自らが危険にさらされ、神経が擦り減っていくが、うまくいったときには生き生きしてくる。

恐ろしいものでも楽しいものであっても、怖いという感情は生きているということを確かなものにする。衝撃は「外側」からやってきて、それは「私たち」を脅かす。そして私たちを目覚めさせるのだ。空想や自己陶酔に浸っているとき、その衝撃は、世界と私たちに隔たりがあるということ、そして世界は私たちに危害を加えるかもしれないということを私たちにふと気づかせる。衝撃は最も夢見がちである唯我論者の目も覚ますのだ。衝撃は「私たち」をはっきりと目覚めさせる。それによって私たちは「内側」から反応し、「自己」防衛本能への関心が引き出されるのだ。

これで、なぜ恐怖という不快感が楽しみになりうるのか、なぜ子どもたちは歯をガチガチと震わせ、心臓をバクバクさせ、髪を逆立たせながらも逆説的に恐怖の中に楽しみを見出すのか、という理由がわかるだろう。怖いという感覚は、生き生きとした自己を目覚めさせてくれるから、子どもたちはわくわくするのだ。また、安全なおどかしっこゲームの状況のように、怖い物語の中での恐怖との出会いは、生きているという強烈な感覚を私たちの中に引きおこし、個として存在しているという認識を高めてくれる。

このようなフィクションと危険性の関係を理解することは重要だ。子どもの養育に関する専門家の中には、子どもたちは怖い登場人物のいない、危険のない物語や、幸せなテディベアが森でいつもピクニックをしているような甘ったるい、不適切な部分が削除された物語にのみ接するべきだと主張する者がいる。こうしたお上品な世論の根底には、子どもたちにはフィクションと現実の境界がわからないので、結果的に心底怖がってしまうという考えがある。こうした古臭い考えは葬り去られるべきだ。そのためには、子どもたちがいつの時点で、フィクションと事実の境界を認識するようになるのか、という問いを立てなければならない。さらに、その答えは、また別の問いにつながる。子どもたちは何歳で、おどかしっこ遊びをしている大人を笑うようになるのだろうか、という問いに。

怖い物語がフィクションや遊びだと認識されるようになると、恐怖との模擬的な遭遇は、子どもたちの最も大きな喜びの一つとなる。それによって、生き生きとした個性が目覚めるからだ。『オズの魔法使い』で魔女がドロシーを脅かすのを見て不安で身震いしたり、『かいじゅうたちのいるところ』でマックスがかいじゅうたちと出会う場面を読んで鳥肌が立ったり、赤ずきんがオオカミと遭遇する場面を読んで身震いしたりしながら、子どもたちは、児童文学の世界が、不快感という喜びの世界に他ならないことを認識するのだ。

第三章　小ささ

子どもは大人よりも、「それはどれくらいの大きさなのか」という問題に、特に小ささに惹きつけられる。小ささというテーマが頻繁に登場するのは児童文学だけだ。(白雪姫の小人たち、シンデレラの靴の小ささ、アリスが小さくなってしまうこと、マンチキンの中のドロシーなど)。また、作品のタイトルに「小さい」("little")という語が頻繁に出てくるのも児童文学だけである。(「赤ずきん」"Little Red Riding Hood,"『若草物語』*Little Women,*『星の王子様さま』*The Little Prince,*『小公女』*A Little Princess,*『ちびっこきかんしゃくん』*The Little Engine That Could,*『小公子』*Little Lord Fauntleroy,*『大草原の小さな家』*Little House on the Prairie,* など)。ギュンター・グラスの『ブリキの太鼓』や、アート・シュピーゲルマンの『マウス――アウシュヴィッツを生きのびた父親の物語』といった、数少ない大人向けの作品をのぞけば、ミニチュアの世界は子どもたちのもののようだ。そこではスチュアート・リトルがねじまき式の車を運転し、ハリネズミのティギーおばさんは動物たちの小さな洋服を洗濯する。そしてその世界には、タイムズスクエアにコオロギがいるのと同じように、食器戸棚にインディアンたちがいたりするのだ。また、ラクエル・ウェルチと医療チームが小さくなり、人間の体の中に入っていく『ミクロの決死圏』という例外をのぞけば、子ども向けの映画もミニチュア世界を独占している。たとえば、『アンツ』、『バグズライフ』、『ビアンカの大冒険』、『ニムの秘密』、『トイ・ストーリー』、『ファインディング・ニモ』などだが、他にもまだたくさんある。

もちろん、子どもたちが小ささに惹かれるのは、自分たちの体が小さいからという理由で説明がつくかもしれない。しかし、それだけではない。子どもたちの能力や権力が限られているということが、そこには反映されているのだ。子どもたちと比較されることが多い小人たちにとって、すべてが大きく作られた世界では、小さいことは不利な条件である。大きな世界では、レストランに行けばご丁寧にも車いす用の設備に加えて、背の高い椅子と補助椅子が提供される。たとえ背の小さな子どもがマクドナルドのカウンター越しに中をのぞくことができたとしても、子どもたちは別の意味で無力であり、たとえばクレジットカードを使って注文したりはできないのだ。エリク・エリクソンが『幼児期と社会』で指摘しているところによれば、サイズと権力の関係性は、私たちが大人になるにつれて内面化されるのだという。「大人も皆、かつては子どもだった。かつては小さかったのだ。小さいという意識は頭の中の奥深くにうずもれてしまう。その人にとって勝利や成功は、「小さいのに」と言われて評価され、逆に敗北や失敗は「小さいから」と言われ、その小ささが明らかにされる。大きくてあれこれ出来る人は誰なのか、そして、その問いは誰に向けたらいいのか、こうした疑問が大人たちの内面世界を侵食している」。あるファンタジー映画で、トム・ハンクスが魔法の力で男の子から大人へと変身するのだが、その大人はマンハッタンに部屋を持ち、マディソン街の会社で重役として働く。映画のタイトルは『ビッグ』である。また、億万長者のレオナ・ヘルムズリーは、力とサイズを結びつけてこう言っている。「税金を払うのは、小物(リトル・ピープル)だけだ」と。

社会的地位という観点で考えると、子どもは見下された最下層階級に等しい。大人たちは子どもたちの頭越しに、彼らを見て見ぬふりする。そういう意味では、子どもはラルフ・エリソンの「見えない人間」と似ている。塔のように高くそびえ立つ大人たち(ケネス・グレアムは大人たちを「オリュンポスの神々」と呼ぶ)の巨大な世界では、子どもたちは周縁に追いやられる。だから、親指トムや親指姫は、『ミクロキッズ』という映画のタイトルが文化的に容認されていることに憤慨するに違いない。

もちろん裏返して考えれば、このことは力を持たない子どもたちが自分の不利な点を逆手に取れるということを意味する。それは子どもたちが読む作品によく表れている。たとえばピーターラビットは、窓から飛び出してマクレガーさんから逃れることができる。マクレガーさんは太っていて、その窓を通って追いかけることができないのだ。スチュアート・リトルは、ニューヨークではほんのちっぽけな存在だが、その小ささゆえにシンクの排水溝の中に入りこみ、なくした結婚指輪を取ってくることができる。ポターの『二ひきのわるいねずみのおはなし』に出てくる小さなアライグマたちは、人形の家から取ってきた物で、自分たちの家を飾ることができる。そして、決まって大男を出し抜くサーカスの小人のように、豆の木を登ったジャックやペローの親指トムは、巨大な怪物やその妻の扱いを心得ているのだ。

しかし、小さなヒーローたちよりも魅力的なのは、ミニチュアの世界である。そこでは、子どもたちは大人たちの特権を手に入れて、生き物たちの上に、まるで神のようにそびえたつことができる。だから子どもたちは、絨毯の上で小さなフィギュアを動かして何時間も遊ぶのだ。二歳から十二歳の子どもを対象に作られたカリフォルニアのテーマパーク「レゴランド」のウェブサイトに書かれている、「レゴランドの核心にあるのは小さな世界です」という言葉も同じように示唆に富んでいる。二十分の一の縮尺で考えると、ちょうどキング・コングがエンパイア・ステート・ビルを登るように(自由の女神のレプリカの大きさから分かるのだが)、子どもたちもこの「アメリカの偉業を賞賛する」レゴランドで、巨人のように遊びまわることができるのだ。

ロバート・ルイス・スティーヴンソンは、大きさというテーマについてあれこれ思いを巡らせ、次のように書いている。子どもの頃を思い出す人は皆、「草の中に寝転がって、ミニチュアの森に目を凝らし、そこが兵隊でいっぱいになるのを想像したことを思い出すに違いない」と。『ガリヴァー旅行記』の中で、ガリヴァーがリリパット国にある芝生で眠ってしまうと、六インチほどの背丈しかない兵隊たちに縛りあげられる。アリや毛虫、その他の虫でいっぱいの世界は、子どもたちに、ごく小さな生物たちが棲息する小宇宙の存在を気づかせる。そこは、小さな人間が存在しているかもしれないパラレルワールドなのだ。

ジョナサン・スウィフトの『ガリヴァー旅行記』は、もともと児童文学として書かれたのではなく、後に子どもに受け入れられるようになったのだが、ガリヴァーをめぐる前提から想像を膨らませていくことに格別な喜びを与える作品である。ガリヴァーがリリパット族より二十倍も大きいのなら、ガリヴァーは城の門を四つん這いでまたいで越えられるだろうし、彼の一回の食事は、いくつもの樽に入ったワインと、いくつもの桶に入った肉の山になるに違いない。子どもたちはガリヴァーの髪に入り込んで遊ぶだろうし、馬や羊はほんの数インチの大きさに見えるだろう。そしてガリヴァーが排尿をしたり、排便をしたりしようものなら、それだけでとんでもない自然災害になるだろう。そういう意味では、「小さな者たちの物語」とは、小宇宙で起こる出来事なのだ。アンデルセンの親指姫は、クルミの殻の中で眠りにつくと、降ってくる雪に「激しくたたきつけられる」。E・B・ホワイトのスチュアート・リトルは当然のことながら車を怖がる。またある時は、店の店員がスチュアート・リトルにサルサパリラを渡すと、そんな小さな植物でもどうにか苦労して運ばなければならない。こういった小さなサイズの物語の対極にあるのが、「大きな者たちの物語」である。たとえば、ガリヴァーがブロディンナグの巨人たちの国を旅したとき、彼は一段が六フィート（約一メール八十センチ）もある階段をのぼらなければならない。また、大男のポール・バニヤンがホットケーキを食べたくなると、湖ほどの大きさの鉄板が必要になり、そこに油を塗るために、木こりを雇って足にベーコンを縛りつけ、その鉄板の上を滑らせるのだ。

小さな者たちの物語を書く作家の中でも、特に注目に値するのは、ビアトリクス・ポターだ。彼女は恋人からドールハウスをプレゼントされ、プロポーズされて、それを受け入れ結婚を決めた女性である。また、学者並に菌類に詳しく、顕微鏡で観察し、とてつもなく細かな菌のスケッチをいくつも残している。さらに、秘密主義者で、とても細かな文字で日記をつけていたので、それを根気強く解読する人が現れるまでに何十年もかかったほどだ。自身が書いた作品の中で、彼女のお気に入りは『グロースターの仕たて屋』だった。その物語には、町の古い家の裏にある、ネズミたちの完全なるパラレルワールドが描かれている。そこには、ネズミたちの社会があり、彼らは仕事を持っている。ネズミたちが使う階段も、屋根裏口もあり、彼らだけの洋服や慣習もある。ネズミたちはそこで人間にほとんど気づかれることなく生活を営んでいる。あらゆる点で完全な、叙事詩的でもあり家庭的でもある、もう一つの小宇宙である。

針仕事をする女ネズミのお話は、ポターの急進的な従姉妹、キャロラインからインスピレーションを受けている。マーガレット・レーンは伝記『ビアトリクス・ポターの物語』の中でそう指摘している。キャロラインは、薄給で、正当に評価されることのない女性たちに関心を寄せていた。彼女たちは刺繍を施した洋服を作り、ほんのわずかな賃金で洋服を作っていた中世の人々のように働いていたのだ。しかし、私たちの世界のどこかに――たとえば壁の向こう側に――存在する、隔絶された、完全なるもう一つの世界は、大人たちの世界における子どもたちの状況を映しだしているとも言えるだろう。子ども部屋がほかの部屋から離れたところにあり、子どもたちの姿は見えるが声は聞こえないようになっていたり(ネズミの場合と同じように)、声は聞こえるが姿は見えないようになっているとき、同じようにそこに存在しているのに、大人と子どもは隔てられている。これは、動物と人間の隔たりと同じことなのだ。

ポターの物語では、人間が境界を越えて、小さな者たちの世界に住みついたりすることはないが、メアリー・ノートンの『床下の小人たち』では、六インチの人間がイギリスの田舎にある古い屋敷の床下に住んでいる。これは、冒険好きなポッド、神経質な妻ホミリー、そして彼らの子アリエッティというクロック家の物語である。彼らは滅びゆく借り暮らしの小人たちの生き残りで、床上に住んでいる巨大な人間の残り物で生活している。人目につかない小さな隠れ家は、額に入った切手、チェスの駒、吸い取り紙で作った絨毯で飾られている。どうにか暮らしていくために、ポッドは時おり危険をおかしていろいろなものを調達に行かねばならない。たとえば、安全ピンと糸を使ってカーテンをよじ登り、高い棚の上から物を「借りる」のだ。クロック家の家族はよく家の中で体を寄せ合って過ごす。なぜなら、「見られる」ということは極めて危険なことであり、それはネズミ捕り屋がやってくるということを意味している。結局、それが原因でクロック家はその家から離れなければならなくなるのだ。

読者の間ではずっと、借り暮らしの小人たちが何を象徴しているのかということを考えることが、ある種のクイズゲームのようなものだった。ノートン自身の発言によれば、一九三〇年代、経済的に厳しい時を過ごした貧しい人々のことが、彼女の頭にはあったようだ。彼らは他の人々から離れ、ひっそりと人目につかないところで、人々の残飯を食べて生活していた。また、ノートンは第二次世界大戦を生き抜いており、一九五二年に出版された次の作品では、ドイツ空軍によるロンドン大空襲の間、身をひそめていたイギリス人たちを描いている。彼らもまた「見つかること」を恐れており、その点では『アンネの日記』と類似している。しかし私としては、ここにあと二つ、別の可能性を付け足したい。ひとつは、放浪生活を送る人々、すなわちイギリスとアイルランドのジプシーたちであり、ほかの人々から離れて暮らし、人からいろいろな物を「借りる」ことで有名な人たちだ。もう一つの可能性はアイルランド人たちである。アイルランドの「小人」についての話はよく知られているし、最近までアイルランド人たちは大きなお屋敷で階下に住む使用人として雇われていた。

一方で、借り暮らしの小人たちは子どもたちの状況を表しているとも言える。だからこそ、この本は子どもたちに人気があるのだ。小さな人間たちとの交流があり、彼らに好意的に接する通常サイズの人間である男の子は、晩年になって借り暮らしの小人たちの起源について次のように考えを巡らせる。「彼らは身をひそめて怯えていたのだ、と男の子は思った。怖かったからなんだ。だから彼らはあんなに小さくなったんだ」。ノートンが描くこの小さな世界についてまわる臆病な、広場恐怖症のような雰囲気は、小さな子どもたちの無力さと、脆さによって説明がつく。周縁化された借り暮らしの小人たちは、本質的には巨大な世界をのぞき見る人々であり、これは大人たちと一緒にいる子どもたちの状況でもあるのだ。

「心地よさ」の章で見たように、子どもたちが自分たちのことを、この世界の中で小さな存在だと感じるのはよくあることだ。ローラ・インガルス・ワイルダーが『大草原の小さな家』の中で、小さい頃の自分の体験を描く際、どのように言ったかはすでに述べたが、こう言っていた。「一家のまわりには、空の淵まで広がっている草原以外何もなかった。(中略)大地も空も広すぎるように思え、ローラは自分がちっぽけな存在に感じた」と。こうした感覚は、『床下の小人たち』の中でもはっきりあらわれている。作品にしばしば描かれる、怯えたクロック家が身を寄せ合い、大きな世界に出なければいけなくなったときの危険性についてあれこれ心配している場面がそうである。

焦点領域

ジョン・メイスフィールドは、『まっさらな土地の美しさ』の中で、自身の幼少期のことを回想しているが、それは多くの人々が小さい頃のことを思うとき、思い起こすことだろう。それは身近なものにどれだけの注意を注いできたかということ、おもちゃやビー玉の入った箱を何時間ものぞき込んで過ごしたという経験である。つまり、焦点領域。それは検眼士が検査するものだが、歳を重ねるごとに変化する。小さな子どもたちはほとんどが近眼で、自分たちの個室や家についてはよく知っている。もう少し大きくなると、注意を向ける領域は広くなり、近所や学校などを含むようになる。大人になると、視野はより広範囲な領域にまで達する。実際、私たちは焦点領域（私たちの視野をどこに向けるべきか、どのくらいの範囲にまで注意を注ぐべきか）を、社会生活に適応するにつれて習得するようになる。たとえば、車を運転するようになると、私たちは他の人々と見るものを一致させる必要があり、それとは別の焦点領域は犠牲にせざるを得ない。あらゆる場面において、子どもと大人の世界の見方には、注目すべき違いがある。メイスフィールドは言う。「子どもたちは周囲一マイル、あるいは広くて二マイルくらいについてなら、大人たちが自分たちの教区について知っている以上のことを知っている」と。

メアリー・ノートンにとって、こういった視覚に関する事柄は、文字通りの意味を持っていた。彼女は子どもの頃実際に近視だったが、寄宿学校に入るまで近視と診断をされていなかった。そのため寄宿学校に入るまでメガネをしていなかった。彼女は知人に宛てた手紙の中で、メガネなしで過ごした小さな頃の記憶が、『床下の小人たち』の執筆に際して、どれほど大きなきっかけになったか語っている。第三者の視点で自分自身のことを語りながら、ノートンは自身の弱い視力の意味について回想している。

兄弟たちにとって、彼女と一緒に歩くことは試練のようなものだったに違いない。彼女は慢性的に行動がのろくて、土手や生垣をじっと見つめたり、浅い池を夢中になって観察したり、小川のように水であふれんばかりのどぶのそばに腹ばいになったりするのだ。「ほら、来いよ……お願いだから……一体何でそんなにじっと見つめているんだ。ほら、ノスリがいるよ。あそこに！　柱の上だよ！」しかし彼女にとってそれはノスリなどではなかった。彼女の目には先端が太くなった柱（のようなもの）にしか見えなかった。「飛んでいってしまった！　なんて美しいんだろう！」と兄が言っても、彼女には柱の太い部分がなくなり、ぼんやりとした影がすばやく飛んでいくように見えた。そして、柱はさっきよりずっと短くなったように見えたのである」。

こんな近眼の子どもなら、アリたちに混ざって、ごく狭い範囲で生活している小さな人間たちのことを想像するのはたやすかったはずだ。「彼女は小さな人間の目を通して、家畜のフンでできた溶岩のような湖(時おり湯気を出している)や、泥の中にあいたあばたのような穴を見た。乾いていても湿っていても、彼らにとってそれは深い裂け目なのだ。彼らがこんなでこぼこの上をよろめきながら進み、お互いに助け合ったり、注意を呼びかけたり、手を取りあったりしながら、向こう側にある乾いた草の上に到着するまでに、三十分ほどかかるだろう、と幼い彼女は思った。

やがてすばらしいメガネが学校に届けられ、メアリー・ノートンは他の人々と同じように見ることができるようになった。小人たちは忘れられ、記憶の中に存在するだけになった。

大きくなることと見下ろすこと

『床下の小人たち』の中には、非常に興味深い場面がある。アリエッティが借り暮らしの見習いとして、大人への第一歩を踏みだすことをいったん許可され、父親の姿を遠くにとらえる瞬間だ。それまで常に家族のすぐ近くで生活していたので、アリエッティはポッドの食料調達の探検に初めてついていき、床上の廊下を急いで渡る父親を見て驚いてしまう。「突然、アリエッティは父親が小さく見えた」のだ。アリエッティの大人への第一歩は、彼女が距離と小ささの驚くべき相互関係を理解したということだけでなく、小さい頃に父親が持っていた威厳が彼女の中で弱まり、父親が脱神話化されたということを意味している。実際児童文学の中で、成長するということが、人を見下したり、何かの価値を低く認識するようになることを意味することは、驚くほどによくあることだ。

似たような話は、アンデルセンの『雪の女王』にも出てくる。それはカイが物事をこれまでとは違って見るようになったときのことだ。カイはイエスの幼少時代の絵本に夢中で、祖母や友人のゲルダが大好きな少年だったが、その後、彼は人を「見下す」ようになる。顕微鏡で雪片を見たあと、カイは変化し、絵本を「ちびっこのもの」と呼び、祖母をばかにしたり、ゲルダをからかったりする、子どもっぽいものをばかにする青年になってしまう。

見下ろすということは、ハイジの成長においてもある役割を担っている。初めて山頂に到着したとき、ハイジは常に頭上を旋回しながらけたたましく鳴いているタカについて祖父に尋ねる。人間嫌いの祖父は、あの鳥は人をばかにしているんだと答える。「あの鳥は、村に住む人々をあざ笑っているんだよ。人は群がって噂話をしたり、互いに悪い話をしたり、悪いことをさせようとするからね」。後に、フランクフルトでの体験の中で成長したハイジは、街を見下ろすことができる鐘塔を慎重に探しだし、そこでこう述べる。「もしタカがフランクフルトの上を旋回するようなことがあったら、人々がここよりももっと良い山の上で暮らすんじゃなくて、こんなところで群がって噂話をして、お互いに悪いことを言い合っている姿を見て、もっと大きな声で人を非難するでしょうね」

ハイジがのぼった鐘塔、すなわち天国の城壁から見て、ありのままを述べると、人間の試みは、遠くから見ると、なんと「小さく」(取るに足らないという意味で)見えるのだろう。人間はなんと近視眼的、なんと狭い考えを持っているのだろう。

ブロブディンナグ国で巨人たちと一緒にいるガリヴァーは、巨人の王に自分自身の人生や、イギリスの文化について話して聞かせる。小さなガリヴァーが同じくらいのサイズの、アリのような国の人々について語るのを聞いて、巨大な王さまは世界のつまらなさにため息をつく。「『人間の威厳は、なんと見下げ果てたものなのだ。こんな小さな虫けらのような私にばかにされるなんて』。だが、ガリヴァーは言った。『私はそれでも、その世界に属しているのです。その世界の生き物には称号があり、名声があります。彼らは小さな寝床や隠れ場所を工夫して作り出し、それを家や街と呼んでいます。彼らは愛し、戦い、議論し、人をだまし、裏切るのです』と。」

重要性

大きさは、重要な役割を果たしている。アリエッティが遠くから父親を見たとき、大人である父親は、そして彼の楽しみはなんとちっぽけなのだろう、とアリエッティは思う。子どもは(幼児であれ、いたずらっ子であれ、おちびちゃんであれ、ガキであれ、浮浪児であれ、天使のような子であれ)たいていは「かわいい」し、愛おしいが、小さいがゆえに取るに足らない存在でもある。子どもと大人のあいだでは、互いの重要性に関する意見は合わないのだ。

ヴェラスケスの著名な絵画『ラス・メニーナス』を例に挙げてみよう。最も注意をひくのは、五歳のマルガリータ王女であり、彼女は肖像画を描いてもらうのにポーズをとろうとしない。彼女を取りまく人々、腰をかがめて身振り手振りをする女官や侍女、両親(遠くの鏡に映ることによって小さく見える)までもが、この少女の気をひき、彼女をなだめようとしている。ヴェラスケスは、こういった子どもを中心とし、子どもに注目しすぎる様を批判している。それは、この絵画の中に描かれているヴェラスケスの自画像からもうかがえる。この絵の中で、画家として描かれている彼の表情は、困り果て、耐え忍んでいる視線を投げかけており、まるで「こんなことが信じられますか？　こんな不機嫌な子どもを真面目に相手にするなんて！　ティーポットに入ったお湯がちょっと揺れた程度のちっぽけなことではありませんか！」と言いたげな表情だ。

こうした子どもを過剰に重要視する様に、ヴェラスケスが批判的であることは、大きさの問題と、この絵画の比率を見ればより明らかである。この子どもを中心に繰りひろげられる場面は、全体の下方部五分の一程度であり、部屋の様子や別の絵画が描かれている五分の四の部分とは、まったく釣り合わない。このように前景化され、のぼせ上がった五歳の少女に集まる過度な注目は、様々な意味において不相応である、とヴェラスケスが主張しているように思える。子どもは小さい、それゆえに、取るに足らない存在なのだ、と。同じように意味深長なのは、右側にマリバルボラという小人の女性が描かれていることだ。ケネス・クラークによると、小人は「不穏をもたらす存在」であり、これを描くことによってヴェラスケスは、不釣り合いな感覚を、矮小化した大人を、ふさわしくない何かを描きだしているのだという。

この絵画と、ジョン・シンガー・サージェントの著名な作品『エドワード・D・ボイトの娘たち』を比較してみよう。絨毯の上に座ってひときわ目立っている少女にも、後ろで手を組んでいる左側の少女にも、何も変わったところはないように見える。しかし視線を更に後方に移すと、影になった部分に立っている二人の年上の女性が見える。彼女たちは、巨大な磁器の花瓶や、近くに置いてある巨大な磁器の瓶のおかげで小さく見える。『不思議の国のアリス』を読んだときのように、私たちの大小の感覚は突然おかしくなる。まるで私たちがミニチュアの国にいると突然気づいてしまったかのようであり、この感覚は私たちのもともとの感じ方を修正し、子どもたちの世界の見方に近づくよう私たちを促す。

大きさは重要な役割を果たしている。ヴェラスケスの『ラス・メニーナス』と、サージェントが描いた子どもを中心に据えた作品の大きさの変化に気づくことは、『ガリヴァー旅行記』のある瞬間に似ている。それは、小さなリリパット族が、ガリヴァーのポケットの中身を報告する際に、ある物のことを、白い物質がついて汚れている鉄の板が真ん中にはめ込んである長い木の柱、と細かく描写したときのことだ。顕微鏡並に丹念に調べると、単なるカミソリのような何の変哲もないものが突然、素晴らしいものに見えてくる。サージェントの子どもたちの観点からすれば、大きさの変化によって、小さな者たちの可能性は無限に広がってゆく。

大きさは重要な役割を果たしている。大人たちにとっては、テレビニュースがそう示唆するように、大きな世界での事件が重要なことなのだ。しかし、子どもたちの小さな世界では、窓の外でトマトの苗に花が咲いたという出来事は、どんな選挙よりも重要なことである。とはいえ、そんなことはテレビで報道されない。大人と子どもはサイズに関して異なる感覚を持っているので、何が重要なのかで意見が食い違う。たとえば、E・B・ホワイトのスチュアート・リトルはその小ささのおかげで、子どもたちといろいろなことを共有できる。ある日、彼は子どもたちの代理の教師になり、子どもたちと人生において、本当に大事なことについて、意見の一致を見た。それは「黄昏どきに見える太陽の一筋の光であり、美しい旋律であり、母親がきれいにしてあげた赤ん坊の首の後ろの匂い」なのだ。

別の言い方をすれば、児童文学に登場する小さな世界は、大きさに対して皆が共通して持っている考え方に代わるもの、すなわち大人たちが重要だと考えているものに代わるものを提示しているのである。それは、決してちっぽけなことではない。実際に、私たちが児童文学の中でミニチュアの世界を目の当たりにするとき、ジャン・モリスがウェールズに対して述べた賞賛すべきこの言葉を繰り返すことだろう。「その小ささは、取るに足りないなどというものではない。むしろ、奥深いものである」と。

第四章　軽さ

スティーヴン・スピルバーグの映画『フック』は、いわばJ・M・バリーの『ピーター・パン』の「続編」と呼ぶべきもので、ピーターは大人になり、自分が誰だったかを忘れている。陽気な妖精ではなく、私たちと同じような人間――仕事中毒で、自身の責任感に押しつぶされ、携帯電話に縛りつけられた四十歳の男――となっていたのだ。話が進むうちに、ピーターは少年時代を思い起こし、軽さを取りもどし、再び飛べるようになる。

軽さと重さのぶつかり合いは、児童文学によくあらわれるテーマだ。これはごく自然なことで、子ども時代というのは、凧揚げやヘリウム風船に夢中になったり、スケートボードで滑走したり、マントを着てスーパーマンのように舞うことが可能な時期なのだ。そういうわけで、大人向けの本に比べて、児童文学は、空飛ぶじゅうたんや羽根のついた妖精、空を飛ぶヒーロー、ほうきに乗った魔女など、風に乗って空を舞う登場人物がどうしても多くなる。

ハンス・クリスチャン・アンデルセンのおとぎ話では、軽さと重さのテーマが圧倒的に多い。「みにくいアヒルの子」のある場面は象徴的だ。小ガモが湖で泳いでいると、白鳥の群れが頭上を飛んでいくのが見えて、自分にとって手が届かないその白鳥たちに小ガモは強く引き寄せられる。だが、このイメージは直ちに別のイメージに取って代わられる。湖が凍り、小ガモは氷に閉じ込められてしまうのだ。

アンデルセンの物語では、不動と飛行の視点が交互にあらわれる。「親指姫」の話では、親指姫はか弱く見え、自分から動けそうにないが、最後になって羽根を手にいれる。「パンを踏んだ娘」の話では、インゲルは地獄で彫像にされ何年もそのままでいるが、祈りを捧げる子どもによって救われ、鳥になって天国まで飛んでいく。「人魚姫」の人魚は、せっかく新たに両脚を獲得するにもかかわらず、別のハンデキャップを負わされる。声が出なくなり、最愛の王子と話をかわすことができないのだ。結末で、人魚姫はようやく重力から解放されて、空の精霊たちの仲間に加わることができる。

アンデルセンの多くの登場人物たちは石のように硬直し、それからその苦境を乗り越えていくが、そうした克服のプロセスがはっきりと見られるのは、ウィリアム・スタイグの絵本『ロバのシルベスターとまほうの小石』である。幼いシルベスターは、願いをなんでも叶えてくれる小石を見つける。ライオンと遭遇したとき、なんと、怖さから(極めて文字通りに)石化してしまう。つまり、その魔法の小石を使って、大岩になれ、と願い、その通りに大岩に変身してしまうのだ。塩の柱となったロトの妻(＊旧約聖書の「創世記」)のように、シルベスターは身動きとれなくなり、途方にくれ、ひとりぼっちになる。誰とも話すことができず、両親は(ぎりぎりまで)彼を見つけ、助けてやることができなかった。

作者のスタイグはジョナサン・コットとのインタヴューの中で、『ロバのシルベスター』を書くにあたって、いかに心理療法士ヴィルヘルム・ライヒと一緒におこなった仕事から霊感を得たかを明らかにしている。ライヒは、感情的な経験がどのような身体的な反応を引き起こすかに興味を抱いていた。なぜ人間は、邪魔されたり妨害されたと感じることへの反応として、体が硬直し凝り固まって、硬化症のような麻痺した状態になってしまうのか。成熟するにつれて、脅威を感じることに対する自衛のメカニズムとしてどのような「肉体的な鎧」を構築するようになるのか。愛されていないと感じたり、どうしようもできないと感じたりしたとき、あるいは意思疎通ができないと感じたときに、いかに身体的な硬直が付随して起こるのか。ライヒの考えが『ロバのシルベスター』の物語に適応できることは明白だ。さらに、この考えをアンデルセンのみじめな小ガモや、か弱い親指姫、話すことのできない人魚姫の物語に適用できるかどうか。それについては、あとほんの少しの考察を加えるだけでよいだろう。

「肉体的な鎧」を着ていない人間とは、ライヒの提示するところによれば、「流れ」に身を任せることのできる人間——身軽で柔軟な動きをする、率直な(子どものような)人間——だ。その説を奨励するかのように、ライヒは積極的にダンスやマッサージ(恐怖で強ばったり、習慣的に痙攣したりしがちな筋肉を解きほぐすために）に取り組み、忘我の状態に身をゆだねた。最終的にライヒは、恐怖や不安を感じながら生きるのではなく、しなやかでのびのびと生きる人間像を提示する。

ライヒの柔軟で軽やかな性格を象徴するのは、J・M・バリーのピーター・パンだろう。軽快で生き生きとした永遠の少年、妖精の粉とひらめきによって空を舞い、流れ星のようなティンカー・ベルを従えている。「僕は若さ、僕は喜びさ」。そうピーター・パンはライバルのフック船長に告げる。確かに、ピーター・パンはそのとおりの存在なのだが、一方でパック（＊シェイクスピアの『夏の夜の夢』に登場するいたずらな妖精）と同じ存在で、いつも追いかけっこばかりして、世界をのんきにかき乱している。

考えようによっては、バリーの『ピーター・パン』には二つの力が働いていると言える。一つはティンカー・ベルに象徴される、ピーターの若さと空中の動きをおおげさにしたような力だ。アンデルセンのか弱い親指姫と違って、この妖精は光とダイナミックなエネルギーの権化であり、繊細さと活発さ、柔軟さと儚さを合わせ持つ。ティンカー・ベルはルクレティウスの言う原子――ごく小さな物質で宇宙を疾走しながら予測不可能な曲線を描くもの――に似ている。あるいは、彼女は現代のテクノロジーにおける最小の情報量単位ビットに似ていて、瞬く間にわれわれの住む世界の中に散らばっていく。

この非凡な動きと対をなすのは、フック船長だ。ティンカー・ベルがしなやかで活発であるのに対して、フック船長は堂々として何ごとにも動じない大人である。悪の権化であり、チャールズ二世とステュアート朝を連想させるような、盛装した君主である。ティンカー・ベルが自由と移り気という、はみ出していく力を発揮する一方で、フック船長は「いい形」と「わるい形」にこだわり、それらに縛られている。自由な妖精と違って、フック船長は足かせをはめられている。

バリーは、遊びで他の作家のテクストを使って、悪役のフック船長を片足が不自由なのっぽのジョン・シルバー（バリーの友人スティーヴンソンの『宝島』に登場する海賊でならず者）に喩える。ジョン・シルバーが義足で不自由に歩きまわるのに対して、フックという名前は、船長がワニに自分の体の一部を食われたことを読者に思い起こさせる。さらに言うと、めざまし時計《クロック》を飲み込んだワニ《クロック》に追われるのである。それは時限爆弾のようであり、やがて船長は捕らわれる。事実、バリーの小説では、めざまし時計こそ真の敵であり、常に私たちに忍びよる成長の象徴なのだ。

バリーの小説の中身は、そういうものなのである。若さとは移ろいやすいものだ。バリーの『ピーター・パン』の悲劇的な瞬間は、最後にピーターが何年もの不在ののちに、再びウェンディを訪ねたときにやってくる。彼女が光の中に足を踏み入れたとき、ピーターは苦痛な鋭い叫びをあげ、「どうしたんだ？」と問いかける。「年を取ったわ」とウェンディは答える。実際に、この前の場面で、年を取ったウェンディは自分の娘に、なぜもう空を飛べないか説明している。「私は大人になったの。陽気で、無邪気で、薄情な人だけが空を飛べるのよ」

バリーの『ピーター・パン』の中では、空を飛びまわることは若さの特権であり、そして軽さを失うことは大人への成熟の代償なのだ。その続編というべき映画『フック』で、スピルバーグはチクタクワニの遺言補足書と呼ぶべきものを登場させる。だが、それは子ども時代を思い出し、それを復元できる大人には必要ないのだが。

軽さの多様性

軽さへの欲求をあらわす例として、ケネス・グレアム『たのしい川べ』のはじまり場面よりもふさわしいものはないだろう。それは、モグラが地中の部屋を去る場面である。

モグラは、その朝じゅう、いっしょうけんめい、じぶんの小さな家の春の大そうじにとりかかっていたのでした。まず、ほうきではいて、つぎには、ぞうきんでほこりをぬぐう、それから、はけとしっくいのはいったおけを持って、はしごだの、ふみ台だの、いすの上にのる、というぐあいでした。そこで、しまいにはのどや目にほこりがいっぱい、黒い毛皮は、しっくいのしみだらけで、背中はいたくなる、うではだるくなるというありさまでした。春は、地上の空気中でも、モグラのまわりの土のなかでも動きだしていました。そして、いつもまんぞくしない気分とあこがれの気分がすみつく、暗くてみすぼらしいモグラの家まで、入りこんできたのでした。とすれば、モグラが、きゅうに、はけを床の上に投げだして、「めんどくさい！」とか、「え、どっかいっちまえ！」とか、「春の大そうじなんてやめだ！」などと言いながら、上着を引っかけもしないで、家からにげだしたとしても、ふしぎではありません。なにかが、上のほうから、モグラに命令するように呼んでいたのです。なので、モグラは、けわしくて細いトンネルをつくりはじめました。掘ったり、引っかいたり、かき回したり、かき集めたり、それからまた、かき集めたり、かき回したり、引っかいたり、掘ったり、モグラの小さな前足をいそがしく動かしながら、「上へいく！　上へいく！」とつぶやきながら進むうち、とうとう、ぽん！　と鼻のさきが日の光のなかにでたかと思うと、からだは大きな草原のあたたかい草のうえにころがっていました。「これは、すてきだ！」と、モグラは言いました。「これは、壁ぬりよりもいいや！」

物語は、このように解放に向けて上昇していくイメージで幕を上げる。グレアムは、この章の終わりで「解放された」モグラにとって、これはたくさんの、同じような日々のうちの最初の日であったと述べている。事実、次のページでモグラは新たな生、すなわち冒険に満ちた新しい人生にとりかかる。

しかし、《心地よさ》や《怖さ》の章でも触れたように、『たのしい川べ』には、他の衝動も働いている。モグラの自宅からの解放のイメージ、つまり地中の囲われた空間から上昇していく動きは、物語のいくつかの場面——喜びは反対側からやってくる——とつり合いを保っている。たとえば、それは心地のよい居所への降下のことだ。モグラは森で迷子になったとき、吹雪のただ中で身震いしながら、ネズミとともに地中に埋まったアナグマの家を見つけて、難を逃れる。その後、モグラはアナグマの家をあとにして、雪の中の険しい道中で自分の家を見つけ、ネズミとともに降りていき、くつろぐのだ。モグラはそこで、家に帰った気分や馴染みのある気分とは別の喜びを感じる。

モグラの中に見られたこうしたダイナミックな矛盾は、他の二つのペルソナとして表現されている。尊大な荒くれ者のヒキガエルは軽快さを象徴し、しばしば野外で活動している(オールで舟を漕いだり、ジプシーの箱馬車に乗り込み旅をしたり、バイクで郊外を爆走したり)。ヒキガエルは常に新しいものを求めて、流行に身をまかせる。こうしたヒキガエルと対照的なのがアナグマだ。アナグマは重厚さを象徴する。じっと静止していて、家にこもる大人であり、堅実で不動で、落ち着いている。ヒキガエルが流行りに傾倒する一方で、アナグマはローマ式の遺跡をネズミに見せる場面でこう述べる。人間は来ては去っていくが、「われわれ(アナグマたち)は残る」と。ヒキガエルはそそっかしくて、厚かましく、衝動的で移り気だが、アナグマは責任感が強く、独断的で厳粛で鈍感だ。ヒキガエルがいたずら好きな荒くれ者で、掟破りである一方で、アナグマは監視人や警察官や番人として、あるいはがさつなヒキガエルに行儀よく振る舞わせる大人としての働きをする。ヒキガエルが陽気な若者であるとしたら、アナグマは、成熟さと真面目さを備えた大人である。もしヒキガエルがスーパーマンならば、アナグマはクリプトナイト(＊『スーパーマン』に出てくる鉱石で、それが放つ放射性物質でスーパーマンを無力にする)である。

こうした適切な理解をもとにして、軽さをめぐる理解をさらに深めることができる。まず、軽さと重さはしばしばつがいとなっていて、軽さは対比されることによって際立つ。しかし、アナグマの例では別の考察も可能だ。すなわち、良き重さは、賞賛されるものでもある。アナグマはぶっきらぼうな大人だが、思いやりがあり人好きのする大人でもある。軽さについての議論の中で私が述べたいのは、重さがそれ自体の長所を持っていないということではない。それどころか、私は軽さを強調しつつも、この重さという性質が子どもたちや児童文学にとっていっそう重要であるということを伝えたいのである。言い換えれば、多くの子どもたちは荒くれ者のヒキガエルになりたいと思ったり、好奇心の強いモグラを自分と同一視したりする。だが、私の経験から言って、アナグマになりたいと言う子はいない。

軽さの性質をより綿密に論じるために、他の本の導入部を検証してみよう。たとえばマーク・トウェインの『トム・ソーヤーの冒険』。次の場面では、ポリーおばさんがいたずらっ子の甥トムが食料庫でジャムをくすねているところを捕まえる。

うしろのほうでかすかな物音がして、おばさんがちょうど捕まえようとふりかえり、少年の上着のたるみに手をかけて、ようやくとりおさえた。「ほらいた！　あの戸だなを思いつくべきだったんだよ。そこで何をしていたんだい」
「なにも」
「なにもだって！　あんたの手を見てごらんなさい、そして口を見てごらん。それは何のあとだね？」

「そんなこと知らないよ、おばさん」

「へえ、私には分かるよ。それはジャムだよ。ジャムをほおばったんだろ。あのジャムに手を出したらおしおきだって四十ぺんも言ったろ。そのむちをよこしなさい」

むちが空中にうかんだ――ぜったいぜつめいだ――

「あれえ！　うしろを見てよ、おばさん！」

おばさんはいそいでうしろをふりかえって、スカートをおさえた。少年はまたたく間ににげ出し、高い板べいをよじのぼると、向こうにきえていった。

ポリーおばさんはあっけにとられて立ちつくしていたが、とたんにしずかにわらいはじめた。

この場面は、この作品全体を象徴すると言える。まず注目すべきは、トムが塀を飛び越えて行くときの素早さだ。トムは身が軽くて足が速く、家からこっそり出たり、学校をサボったり、飽き飽きする教会や退屈な学校から抜け出したり、ポリーおばさんから逃れたり、インジャン・ジョーを避けたりする。言うならば軽さの象徴だが、空を飛び回るピーター・パンのそれとは性質が異なる。トムの軽さは、活発さやしなやかさ、素早さを含んでいる。

この場面の別の部分でも軽さを連想させる。トムはポリーおばさんに悪ふざけのウソをつき、あたりを見渡させる、その隙にこっそり逃げるのだ。利口であるとは、頭脳を目いっぱい働かせて立ちまわることであり、トム・ソーヤーはその道の天才だ。最も印象深いのはもちろん、トムが友人を説得して、塀を白く塗らせる場面だろう。トムが巧みな心理戦術で、雑用を限られた人にしか与えられない魅力的なチャンスであると少年たちに思い込ませると、そこにはたちまち少年たちが列をなして、トムに塀を塗る特権の対価を渡していく。トムは友人を誘うために「塀を塗るなんて機会はそう毎日あるもんじゃないだろ?」と、誘う。クレメンズ(*作者マーク・トウェインの本名であるサミュエル・ラングホーン・クレメンズ)によれば、「これは物事を新たな光のもとへ置いた」ということだ。トムの賢いところは、この作品の中でしばしば見受けられる。トムの視点を変える力や淀みのない頭の回転から見ても、軽さはトムの足だけでなく、頭にまで及んでいることが分かる。

最後にこのジャムを盗む場面について言っておきたいことは、トムに裏をかかれたときのポリーおばさんの反応についてだ。彼女は「立ちつくしていたが、とたんにしずかにわらいはじめた」のである。トムは、いたずら好きなわんぱく坊主であり、悪がきで、かわいい荒くれ者だ。『たのしい川べ』のヒキガエルもそうだし、ピーターラビットもそうだ。ピーターラビットのことを作者のビアトリクス・ポターは共感とともに「わんぱく」と呼びならわす。さらに、いたずら好きの者たちの中に、あの小悪魔のピーター・パンもいる。彼らはみんな『夏の夜の夢』の妖精パックの仲間であり、ルールを破り権威を逃れていく彼らの軽快なやり口に、私たちの精神はポリーおばさんのように破壊的な喜びを見いだすのだ。

しかし、あと一つ、トウェインの小説が軽さを説明するのに適っている点がある。それはメロドラマの扱い方である。ある場面でポリーおばさんは思い違いからトムに平手打ちを食らわすのだが、それはトムが砂糖壺を壊したと思ってのことだった。実際には他の者の仕業であったのだが。トムは不当な扱いに苦しむが、作者はトムが身勝手に悲しむ姿をユーモラスに描写している。

トムは、部屋のすみっこでふてくされながら、わが身のかなしみをつのらせていた。トムには、おばさんが心のなかではじぶんにひざまずいて、あやまっているのがよく分かっていた。そう思うと、むっつりとしてはいても、うれしかった。トムは、じぶんのほうからはなんのそぶりも見せまい、知らん顔をしていようと思った。トムは、おばさんが涙にうるんだ目で、じぶんのほうをやさしく見やっているのを分かっていたが、わざと気がつかないふりをしていた。トムは、じぶんが死の床に横たわっているところを想像した。おばさんがじぶんの上に身をかがめて、ひとこと、ゆるすといっておくれとせがむが、じぶんは壁のほうをむいたまま、そのことばをいわずに死んでいく。おおそうしたら、おばさんはどんな気持ちがするだろう？ またトムは、じぶんが溺死体となって、川から家へはこばれてくるところを想像した。髪の毛はべっとりとぬれ、両手は悲しいことに永久にうごかず、傷心の胸も動悸をうつことをやめたすがたで。そしたら、おばさんはじぶんにすがりついて、なみだを雨とふらし、そのくちびるは、この子をおかえしください、もう二度とこの子をいじめたりはしませんと、神さまにいのることだろう！ それでも、じぶんはつめたく、青ざめてそこに横たわり、身うごきひとつしない

――あわれな小さな受難者のかなしみが、永久におわったわけだ。トムは、こんなかなしい夢想にひたりきって、感情をたかぶらせすぎたので、のどがつまり、なみだをのみこみつづけなければならなかった。目はなみだにかすんで見えなくなり、まばたきしたひょうしになみだがあふれでて、鼻のさきからしたたりおちた。こんなふうにじぶんのかなしみにふけっているのはなんともいえないいい気持ちだったので、俗っぽい陽気さや、じぶんの気分にあわないよろこびのためにじゃまされるのはがまんならなかった。トムのかなしみはあまりにも神聖すぎたので、そんなものと顔をあわせるわけにはいかなかったのだ。そこで、一週間ものながいあいだ、いなかへいっていて、やっと家に帰ってきたいとこのメアリーが、うれしさのあまりはしゃいでおどるように家にとびこんでくると、トムは立ち上がって、メアリーが歌と日光をともなってはいってきたドアとはべつのドアから、雲と暗やみにつつまれながら出ていった。

メロドラマとは悲劇を軽くしたもので、この小説には他にも似たような場面があり、同じように楽しませてくれる。たとえば、トムが学校を休みたがり、歯の痛みに苦しめられ死の床に横たわっているところや、ベッキー・サッチャーに肘鉄を食らい傷心の少年トムが、ここから消え去りフランス軍の外人部隊に加入しようと決心するところがそうだ。このような場面はもちろん、甘い憂鬱と過度な心痛をともなう大人たちのロマンチックな虚構を茶化す。そうした意味ではトウェインの小説は、たとえば「疾風怒濤」の芸術（＊十八世紀にドイツで興った文学革命。理性や社会道徳などを重んじた啓蒙主義に反発し、生命力のある情熱や創造的自由が求められた）というべきゲーテの『若きウェルテルの悩み』のパロディである。言い方を換えれば、メロドラマによって、トムのトラブルや懸念を作者が「軽くしている」ということだろう。

しかし、私たちが軽さについての理解をさらに深めるには、一つの道しか残されていない。イタロ・カルヴィーノは『新たな千年紀のための六つのメモ』の中でこう書いている。「軽さとは私にとって精確さと決断を伴っており、曖昧さやでたらめを伴うものではない」と。例としてカルヴィーノが引用するのは、ポール・ヴァレリーの「鳥のように軽くあること、羽根のようにではなく」という言葉だ。

このような陽気な精確さは、ロバート・ルイス・スティーヴンソンの『宝島』の結末に近いシリアスな場面に見られる。手負いの海賊イスラエル・ハンズは短剣を手にして、ジム・ホーキンズにそっと近寄り、イスパニオラ号の甲板のすみへと押しやろうとする。しかし、ジムは事の深刻さを理解しようとしない。彼は明るさでもって対応する。ジムにとって「それは、男の子の遊び」であり、隠れんぼだ。結局、元気な少年ジムは優れた機敏さで、のろい大人に打ち勝つ。

スティーヴンソンの作品で一貫して、ジムは賢く素早く身軽だ。ヒキガエルが警察官の捜索隊の追跡から逃れたように賢く、トム・ソーヤーがポリーおばさんの塀を跳び越えたように素早く、ピーターラビットがマクレガーさんの塀の下をくぐり抜けていくように身軽なのである。ジムは踊るような足取り、物事から逸れていく能力、軽さで自らを救う。というわけで、私たちは軽さの特質についての考察を洗練させるために、もう一つ付け加えなくてはいけない。それは、軽さの精神性である。

光を与えること

軽さは、とりわけ現代的なテーマであるように見える。膨大な情報のビットは刻々と無線やケーブルを駆けめぐり、いまや日々大陸を越えて移動している。テクノロジーは、私たちに欠けた、うらやましいほどの軽さと速さを獲得したかのようだ。多くの大人たちにとって、現代を生きることはその反対だ。時間に追われ、ストレスや積み重なった責務、多すぎる情報――これらの重みによって私たちは押しつぶされ、人生はより困難なものになる。

ウィリアム・ワーズワースが大人の疲労について述べたように「世界は手に負えないものだ」し、私たちは難問や責任によって押しつぶされそうになる。そんなとき、ユーモアが私たちを助けにやってきて、「私たちの気持ちは浮かびあがる」。笑うときの身体的な特徴を考えてみてほしい。ショックの感覚があり、突如、身体の重みが取れたように感じる。笑うことは光のように一撃でやってきて、私たちを軽くする。

しかし、世の中の重さ（あるいは、救済としての「軽さ」）に言及しながら、私たちは物質的な比喩を用いて、形而上学的あるいは実存的な経験を表現しているという点に注意を払わなくてはならない。なるほど特に子どもにとっては、目に見えない世界についての感覚や感情を、大人とは違ったやり方で話し合ういくつかの方法があるだろう。それでもなお、この気づかれることのない二重性、物質的なものと形而上学的なものが一つになる点に留意すべきである。

たとえば、重力は私たちが二通りで使うことのできる言葉だ。この地球の物理的な特性をあらわす術語であると同時に、「深刻さ」をあらわす語でもある。この二つを合成して土台としたのが、ジョージ・マクドナルドの、きらきらと陽気な『軽いお姫さま』という作品だ。この物語では、「軽率さ」と「空に浮かぶこと」が対比させられている。

この童話を簡単に説明しよう。洗礼式に招待されなかった魔女は、赤ん坊の重力をなくす呪いをかける。その結果、軽いお姫さまは抑えつけられていないと、部屋の天井に向かってぷかぷか浮かぶ。使用人たちは軽いお姫さまと、ボール遊び(もちろんボールはお姫さま)をするのが好きだし、お姫さまは外に出て紐につながり凧のように浮かびあがるのを楽しんでいる。そうした身体的、物理的な状況に対応するのが、彼女の「喜びにあふれた精神」である。お姫さまは、もう一つの重力も失っているのだ。彼女はいつも笑っていて、何事に対しても深刻に向け止めることをしない。部分的な救済は物語の中盤に訪れる。成長したお姫さまは、水の中や湖で泳いでいるときに自分の重力が回復することを発見する。物語の終盤に、お姫さまが王子さまとの恋に「落ちる」ことによって、彼女の重力は完全に回復する。

これだけの説明でも、マクドナルドのテクストが愉快な二重性に満ち、具体的なものと抽象的なものとを合わせた言葉遊びが効いているのが分かるだろう。たとえば、王さまと妃さまがお姫さまの「欠点」、あるいはそれを欠いていることについて、意見を交わしている場面を見てみよう。

「ある日王さまが言った」「心がかるいというのは、いいことだろう。たしかにな。あの子がわれわれの子であろうと、なかろうと」

「頭がかるいのは、わるいことですわ」と、ずっとさきのことまで見とおすように、お妃さまはこたえました。

「手がかるい〔手さきが器用〕のは、いいことだろう」と、王さまは言いました。

「指がかるい〔手ぐせがわるい〕のは、よくないことでございます」とお妃さまはこたえました。

「足どりがかるいのは、いいことだ。」と王さまは言いました。

「でも」とお妃さまが言いかけましたが、王さまがさえぎってしまいました。

「じっさい」と王さまは、言い合いはおわりだぞ、というふうに言いましたが、それはまるで王さまが頭のなかのてきと言いあらそって、じぶんが勝ったとでもいうような調子でした。

「じっさい、身がかるいというのは、まったくいいことなのだ」

「でも、精神がかるいのは、まったくもってわるいことですわ」と、だんだんしゃくにさわってきたお妃さまは言いかえしました。

このさいごのひとことに、王さまはたじたじになってしまいました。くるりと背をむけると、会計室のほうへふたたびもどろうとしました。しかし、半分もいかないうちにお妃さまの声が追いうちをかけてきました。

「それに、髪がかるいのだって、よくないことですわ」。お妃さまは、かんだかい声でそう言いました。気がたってきたものですから、さらにとどめをさそうと思ったのです。

お妃さまの髪は、夜のようにまっ黒でした。王さまのむすめは、朝の光のように金色で、王さまにも髪があったころはそうでした。ですが、王さまが足をとめたのは、じぶんの髪について言われたからではありません。「かるい」という言葉が、ふたつの意味をもっていたからです。王さまにとって、気のきいたことばやだじゃれは大きらいなものでした。もっとも、王さまはお妃さまが「髪がかるい」といったのか「髪があかるい」といったのかよく分かりませんでした。ばくはつしているときに、ちゃんとはつおんするのはむずかしいのです。

マクドナルドの話は、軽さを引き起こす方法としてのユーモアについて考える機会を与えてくれる。もし「重力」が(自由や可能性、自発性を認めないという)決定論を包括する表現であるならば、会話内のだじゃれや言葉の両義性は「重さ」から逃れるためにある。それは、重々しさのさなかへ目が覚めるような軽さを持ち込み、つまらなさと意外性のなさから解放する対応策となり、「退屈の耐えられない重さ」(ミラン・クンデラの小説の言い換え)と呼ぶべきものからの救済となる。機知にとんだ当意即妙な応答は、重さからの逃げ口上になり、深刻さを変化させ、他の人が深刻に受け止めることを同じように受け止めそこなわせ（まったく面白半分でないとき）、他の人に変化の視点を与えることで、深刻に受け止めるべきでないことをあやまって深刻に受け止めている、と気づかせてやる。こうして、オスカー・ワイルドの「人生はあまりにも重たすぎて、深刻に受け止めることさえままならない」という警句の深遠さを確かめることができる。

しかし、軽さを喚起すること――ユーモアもその方法のひとつ――は、ただの重さからの逃げ口上や、「世界が手に負えない」ときに矛先を転じる方法というより、それ以上のものである。軽さをめぐる表現の背後には、自由を取り戻し、可能性を広げ、最終的には、世界の堅苦しさを解きほぐすという試みもあるのだ。

さまざまな形をもつ子どもたちの世界観

アーサー・ケストラーが『機械の中の幽霊』の中で示唆したように、伝統的な宗教と因習的な学問が私たちに突きつけた近代の大きな問いとは、「私たちは霊魂なのか、それとも物質なのか」というものである。「私たちは物質に内在するつかの間のペルソナなのか、それともメッセージなのか。さもなければ、似たような実体が住まう世界の中で、別々に存在する具象的な物体なのか」。今日では、こういうふうに問うこともできる。「私たちはソフトウェアなのか、それともハードウェアなのか」と。

後者の方が、大人たちが自分自身や世界をみる習慣的なやり方だろう。しかし、軽快党の者たちは、それを邪魔するつもりだ。言い換えるならば、軽さは、しばしば新くも見覚えのある世界観と結びつけられる。子ども時代の空を飛びまわる物語では、世界の堅固さがなくなり、その代わりに可能性の世界と、目覚ましい柔軟性があらわれる。

このことは、空を飛ぶ少年ハリー・ポッターとその魔法や魔法使いの世界がいかに人気を博すのか、その理由を不十分だが説明してくれるだろう。飛ぶことへの熱中に加えて、J・K・ローリングのこの小説は、堅固な世界が崩れ去り、変容することが当たり前であるような人生観を提示する。物質や人間が次から次へと簡単に変身する、魔術的で流動的な王国だ。これは珍奇な世界観だが、気に留めておかなくてはいけない。たとえば、オウィディウスの『変身譚』は同様に、広がりのある柔軟性の視点を提示していて、月の下で神々や人間や木々や牛、彫像や星々がつねに形を変えていく。

同様に、パメラ・トラヴァースは『メアリー・ポピンズ』の中で、空中とこの柔軟性の世界観とを結びつける。メアリー・ポピンズは傘を掲げ、風に吹かれて、目一杯の軽さとともに登場してくる。その他の場面も、軽さのイメージがあふれている。たとえば、ベビーシッターのメアリー・ポピンズが優雅に手すりをすべり上がってくるとき、子どもたちが「笑いガス」で膨らまされたとき、天井でお茶会を開くとき、牛が空を飛ばなくてはいけなくて月を跳び超えていくとき、プレイアデス星の子がやってきて空に帰っていくとき、メアリーとその友達が梯子を登って、空に星を元どおりに貼り付けるときなどで。この本の目玉は何といっても「満月」という章で、子どもたちが動物園を訪れ、賢いヘビのキングコブラからジェーンが話を聞くところだ。キングコブラからの偉大な教えはこうだ。「われわれはみな同じもので出来ている。覚えておくんだよ、われわれはジャングルで、お前たちは街で、出来ていたとしてもだ。同じ物質がわれわれを作りあげている——頭の上の木々や、足元にある石も、鳥たちも、けものたちも、星々も——われわれはひとつで、同じおわりをむかえる。お子さんよ、私のことを忘れることがあっても、このことは忘れないでおくれ」

『メアリー・ポピンズ』では、堅固な世界が崩れ去る。独立して存在する具体的な対象をめぐる、私たちにとって当たり前すぎるような、大人の世界観の代わりに、トラヴァースのキングコブラはある見方を示してくれる。すなわち、たった一つの実体がいろいろな形を取り、可能性に満ちているという見方を。繰り返しになるが、この世界観は新しいが、見覚えのあるものだ。トラヴァースのキングコブラはパルメニデスとヘラクレイトスを結びつけ、ブッダとオウィディウス、ルクレティウスと最近の理論科学者——世界を固形物で出来た区域というよりエネルギーの領域として見る——を交わらせるのだ。

このような世界観とそれにまつわる軽さの観点が、児童文学で顕著にあらわれるのには理由があるのだろうか。もし理由があるとすればそれは何だろうか。児童心理学者のジャン・ピアジェは、子どもは九歳から十一歳までの間のある時期に差しかかるまで、霊魂崇拝《アニミズム》の世界観を持っているという。子どもがひざを机にぶつけると、そのテーブルを打ち返すだろう。ボールが転がっていると、子どもたちは喜んで、ボールが生きているように思う。海辺で波と遊んでいるとき、海は自分をからかっているように思えるし、鬼ごっこをしているようにも見える。子どもたちにとって、机やボール、海には霊魂が宿っているのだ。言い換えれば、子どもたちとは不可分な仲間である世界精神が子どもたちに働きかけているのだ。それは「私は月を見て、月は私を見る」というような童謡にあらわれている。

もちろん、子どもたちはやがてこのような世界観から抜けでて社会に適合していき、この世界や自分自身をより因習的で、合意に基いた大人の見方で見るようになる。すなわち切り離され、無関心な対象が住みつく堅固な世界として。少なくともルソーの子どもの概念と同じくらい古くからある伝統的な考えの中で、こうした子どもの社会化は「堕落」であると見なされることもある。たとえば、『メアリー・ポピンズ』では、バンクス家の双子は乳歯を失って、日の光が何と言っているか、さえずるムクドリが何を伝えようとしているのか、もはや理解出来なくなる。同様に、『ピーター・パン』の中では、結末の大きな悲劇としてウェンディが成長し、薄情でも陽気でもなくなり、飛ぶことが出来なくなる。言い換えれば、児童文学にあらわれる飛ぶことや軽さは、子ども時代の世界観への裏づけを子どもたちに訴えかけるものなのだ。こうした趣旨の下では、大人は誰もが成長してしまったイカロスであり、重力を獲得し落下に苦しめられていると言える。

そういうわけで、子どものために書かれ、子どもたちを楽しませる作品において「飛行」と「軽さ」のイメージが他にはない魅力として頻繁にあらわれる理由を三つあげることができる。一つ目に、軽さとは、重さ、つまり人生や世界からの圧力に対する実存的な反応であるということ。驚くことではないが、アフリカ系アメリカ人の文学には、ヴァージニア・ハミルトンの民話集『人間だって空を飛べる』や、空飛ぶヒーローが登場する小説『偉大なるM・C』、フェイス・ギングゴールドの『タールビーチ』など、児童文学で表現されるような空飛ぶ物語の伝統がある。男性が「厳しい」現実に直面する場合、ハムレットの「ああ、この固い肉体が溶け、露《つゆ》に変わればよいのに」という不満は適切なように思われる。女性が抑圧される場合には、魔女が空を飛ぶ。これは子どもたちにとっても同じで、要求が満たされないとき、欲望は翼を生やすのである。

こうした存在論的な説明に加えて、さらに発展させたものが二つ目の理由だ。このような軽さのイメージは、堕落するより前の子どもの経験を裏づける。すなわち途絶えることのない柔軟性の王国、秩序立っていない、慈善の世界での経験を。

だが、まだ三つ目の説明が残っている。三つ目の理由は、私たちが子ども時代の一つとして重ね合わさる世界観を幼稚な霊魂崇拝《アニミズム》だと退けるのではなく、実際に、世界を見るもう一つの妥当な方法と見なすことによって立ちあらわれてくる。オウィディウスとブッダ、パルメニデスとヘラクレイトス、パメラ・トラヴァースと理論科学者、そして数え切れないほどの他の人々は、そうだと示唆している。私たちもそれに同意するだろう。軽さの様々なイメージが示唆するとおり、もし形而上学のものと形而下のものとが混ざり合い、私たちが霊魂であり物質でもあるならば、私たちの同意は、ときに悟りと見なすこともできるだろう。

第五章　元気のよさ

映画『ハーヴェイ』の中で、（ジミー・スチュアート演じる）酔っ払った大人が一八〇センチを越える空想のうさぎに話しかけるとき、私たちはつい笑いたくなるが、ルイス・キャロルのアリスが不思議の国で白うさぎと話をしても、ちっとも驚きはしない。おしゃべりな動物は児童文学の中でごくありふれたものだから、動物たちがしゃべっても驚くに値いしないのだ。ドクター・ドリトルの世界では、動物たちがわけの分からない言葉をしゃべっているし、『ジャングル・ブック』では罵り合っている。『黒馬物語』ではたくさんの馬たちが話し、ジャック・ロンドンの狼たちは口うるさく、ババールは、象でありながら騒々しい。たとえ醜いアヒルの子や蛙の王子様が不遇を訴えったり、狼が赤ずきんや三匹の子ブタを脅したりしても、児童書の中で起こるかぎり、動物たちの会話は当たり前のことだ。

言うまでもないことだが、これは大人の小説では当たり前のことではない。ノーマン・メイラーの小説の中に動物たちは出てこないし、ジョン・アップダイクのウサギ四部作（ラビット・アングストロームという平凡な現代の大人を主人公にしている）の描写は、ブレア・ラビット（＊『リーマスおじさん』に出てくるウサギ。「うさぎどん」と呼ばれることも）やピーターラビットのそれと同じではない。もしそうだったら驚きだ。子ども向けの映画でバンビやダンボやニモが話しても驚きはないが、大人向けの映画『ジョーズ』の中でサメが言葉を話したら唖然とするだろう。児童文学の世界では、神の創造物は、みな話好きに見える。クマだろうが、鳥だろうが、ネコだろうが、ゾウだろうが、昆虫だろうが、ライオンだろうが、ブタだろうが、サルだろうが、海の中の魚だろうが……。

私たちが児童文学の中のしゃべる動物に驚かないのは、動物たちが私たちと同じように感じ、考えるからである。そこには動物と人間の違いを自然主義的に詳細に描写したときに感じうる動揺はない。それどころか、児童文学のしゃべる動物たちは私たちと良く似ていて、ときには人の真似をして私たちを嘲っているように見える。アニメ映画に登場するキャラクターたちには、すぐにそれと見分けられる性格がある。ディズニーの『ダンボ』の神経質なゾウにしろ、『ジャングル・ブック』の気取り屋のサルにしろ、『ファインディング・ニモ』の臆病な魚にしろ……。

ケネス・グレアムの『たのしい川べ』のアナグマを例に取ってみよう。彼の性格なら、誰もが分かる。横柄な年配の紳士である。この紳士は物事を自分で取り決め、周囲に振りまわされたりしない。意地悪な男を装い、表向きはまじめで無愛想な話ぶりだが、親切で寛大な心を隠しておくことはできない。C・S・ルイスの見立てでは、「かつてアナグマ氏に出会ったことのある子ども」は、英国人のひとつの類型に遭遇したことになり、「その後ずっと、ほかならぬ英国の社会史が骨の髄まで刻み込まれるのだ」という。

動物たちは、人間との類似点によって、私たちがよく知っていることを表現する。『イソップ物語』を例に取ろう。「アリとキリギリス」の話は有名である。アリは夏のあいだ忙しく勤勉に働き、冬にそなえて食料を蓄えている。一方、キリギリスは楽器を弾きながら毎日を無為に過ごし、将来のことを何も考えない。やがて冬が来て、キリギリスはアリに食べ物をせがむが、アリはそっぽを向き、夏のあいだ愚かに遊んでいてはいけなかったのに、と説教する。

これが物語のおおまかな内容である。しかし、忘れてはならないのは、イソップの寓話に一緒についてくる教訓が、何百年もあとに付け加えられたということだ。いまではこの物語の教訓として、人はアリのように賢く先々のことを予測すべきだ、と子どもたちは教わる。だが、別のもっと気ままな生き方を称える教訓も同様に引き出せるのだ。すなわち、仕事ばかりして遊ばないと、人はアリのような正義漢ぶった自分本位なやつになってしまう、と。いずれにしても、イソップ寓話の原典には、どちらの教訓を引き出すべきか、手がかりはない。イソップはただ物語を伝えるだけで、どのような結論を出すかは読者にゆだねられている。イソップはよくある状況の寸描をおこなう。それは、私たちがあれこれ何百通りもの仕方で見てきた、いわゆる「奇妙なコンビ」――二つの異なる人格――の衝突だ。イソップは、動物を使うことでそうした状況を明確にする。彼らの他者性ゆえに、だが、とりわけ類似性ゆえに「動物は共に考えるには良い」と、クロード・レヴィ＝ストロースは述べている。

言葉を話す動物

児童書の中で動物が話すと、子どもたちは大きな共感や共鳴を抱いて彼らの仲間に加わろうとする。アンナ・シューエルが馬の自叙伝の中で語るのは、黒馬が人間の言葉をしゃべって、アンナの仲間たちに対してもっと人間味のある待遇を訴えるというものだ。ドリトル先生はその言語能力ゆえに人々の記憶に残るかもしれないが、獣医としての彼の動物への深い思い入れも注目に値する。実際、ヒュー・ロフティングによれば、ドリトル本のアイディアが頭に浮かんだのは、第一次世界大戦時に馬が果たしていた重要な役割について考えていたときだという――、

彼ら[馬たち]は残された私たちと運命を共にした。しかし、彼らの運命は人間とは異なっていた。兵士がどれほど重傷を負っていようと(中略)、手術の材料はすべて、兵士を治療するために運ばれてきた。[だが一方、]重傷を負った馬は、ただちに銃殺された。この処置はあまり公平でないように思える。私たちが動物を同じ危険にさらしているならば、なぜ傷を負った動物にも同様の処置をしなかったのか。だが、馬の治療法を[人間のそれのように]進歩させるためには、馬の言葉を知らなければならない。

それが本のアイディアの浮かぶきっかけとなった。博物学に造詣が深く、変わり者の田舎の医者がペットに大きな愛を注ぎ、最終的には、人間の治療を放棄して、より難解で、より誠実で、彼にとってはより魅力的な動物たちの王国で治療をおこなおうと決心するのである。

ロフティングの使う「公平」という言葉が示唆するように、ドリトルの本の根底をなすのは、大きな平等主義であり、そこでは動物と人間の類似性が強調され、相違点は影をひそめる。ドリトル先生が動物の言葉を習い、動物と会話し始めると、当然のようになぜ他の人間はこうしてこなかったのか、という疑問が生じる。動物たちが教えてくれる答えはこうである。人間は独善的で自尊心が強いからだ、と。「彼らは、さぞかし自分たちが優れていると思っているんでしょう」と、年寄りオウムのポリネシアは述べる。こうした人間のエゴイズムから二元論的な考えが生まれる。つまり、人間は利己心とうぬぼれの強いグループに属し、他方、「頭の悪い」けものと見なされる動物たちは、人間が勝手に作りあげる障壁の外側に遠ざけられる。

言葉をしゃべる動物は、こうした二元論的な思考や人間と動物の線引きに対して疑問を投げかける。しゃべる動物が子どもたちの物語に頻繁にあらわれるのは、子どもたちがいかに大人とは異なる方法で世界を捉えているかを示唆する。少年少女時代には、自我は形成の途上にあり、まだしっかりと固まっていない。その結果、自分と自分以外の境界線、人間と動物の境界線はあいまいであり、明確ではない。

完全には社会化されていない、成長過程にある子どもは、考えたり感じたりするのは人間だけに備わった能力だという大人の意見を持っていない。二元論的思考をしない子どもは、そのようなうぬぼれた考えを抱かない。しゃべる動物たちが示唆するように、意識というものは人間界だけでなく、広く世界一般に存在することを許可されたり認知されたりしているのである。

生きているおもちゃ

テレビに登場するお馴染みのけものや得体の知れない生き物がおしゃべりすることは、意識のないものに意識が付与されることとはまったく次元の異なる話である。いくつかの児童文学では、しゃべる動物がしゃべるおもちゃと関わり合いを持つ。E・T・A・ホフマンのいじわるなネズミの王様はくるみ割り人形と決闘し、ラッセル・ホーバンの『ネズミとその子ども』の横暴なネズミのマニーは、人生の意味についてブリキのおもちゃと議論する。カルロ・コッローディの『ピノキオ』に登場するずる賢いキツネとネコは、あやつり人形と話をする。生きているおもちゃの存在は、意識という属性のより大きな広がりを示しているだけでなく、人間とそれ以外の生き物は似ている、という子ども時代の感情を劇的に表現している。無生物の中の生命は、ビアトリクス・ポターの『2ひきのわるいねずみのおはなし』に端的にあらわされている。二匹のねずみはあっちこっちでものを壊し、子ども部屋を散らかす。その後、二つの人形(ジェーンとルシンダ)を抱えて少女が部屋に戻ってくる。「ジェーンとルシンダは、一体何を目にしたか！　ルシンダは暖炉の上にすわって じっと見つめていた。ジェーンは食器棚に寄りかかって微笑んでいた。でも、どちらも一言も発言しなかった」と、ポターは書いている。

ポターは、知覚があるものとないものとを対比させる天才的な手腕を発揮するが、先行するページでは、人形たちがちがちに硬直して、棒切れみたいになっている姿を描く。言い換えれば、まずポターはどんな大人でも見ているような人形の姿を見せる。棒切れのように動かない、生きていない人形の姿を。だが、次にポターは（ネズミのやった悪戯を、ルシンダが「じっと見つめ」、ジェーンが「微笑む」ところで）子どもたちが見る視線で人形の姿を語るのだ。それらの人形はモノではなく、感情を持った生き物である。ネズミたちの悪戯に「唖然と」したり「喜んだ」りするからだ。手短に言えば、このように考えたり感じたりするおもちゃは、物語の中のどんな人間とも変わらない、生きた存在なのだ。たとえ「どちらも一言も発言しなかった」としても。

言葉を話さないおもちゃは、ロバート・ルイス・スティーヴンソンの『子どもの詩の園』の中の「無口な兵士」という詩にも登場する。芝刈りを終えたあと、少年は芝土の中に穴を見つけ、ブリキの兵士をそこに隠す。やがて秋が訪れ、再び芝が刈られ、おもちゃがあらわれる。少年の観察によれば、ブリキの兵士は多くのことを目撃したはずである。春の花々や、妖精たちが草の上を通りすぎるのを見たり、蜂の話やてんとう虫の音を聴いたり……。しかし無口な兵士は話さない。

彼は一言もしゃべらない
知っている言葉を一言も
僕は彼を棚に戻さないといけない
僕自身が物語を作りあげるために

最後の一行をあまりに性急に解釈すると、「物語を作りあげる」というのは、少年が見境のないでっち上げに取りかかるということになるだろう。確かに、詩の中で起こっていることを大人の理解で説明するならそうなるかもしれない。伝統的な心理学者は、少年とおもちゃとのかかわり合いを典型的な「投影」の一例と見なすだろう。発達心理学の専門家は、ある種の未成熟者の思考の実例を見いだすだろう。すなわち、生きているものと生きていないものの違いを理解する以前の子どもの思考だ、と。

しかしながら、詩自体が示唆しているように、少年はこれから物語を作りあげなければならない。つまり、まだ取りかかっていない。さらに重要なのは、少年の視点から見れば、おもちゃの兵士は、障害を背負っていなければしゃべるということだ。無口は兵士の一種のハンデキャップかもしれないが、だからと言って、兵士が生きていないということにはならない。少年はおもちゃの兵士が見たもの（通りすぎる星や妖精たち、しゃべる蜂やてんとう虫など）を語るさいに、腹話術師ではなく、むしろ通訳あるいは翻訳者の役割を果たす。

おもちゃの元気のよさは、子どもたちが遊ぶときに重要だ。テディーベアは会話する。おもちゃの兵士は戦争する。棒馬は駆ける。子どもの視点からすれば、生きているおもちゃは、積極的に子どもたちの生活に関与している。いわば、おもちゃの側から、彼ら主導で。このような考え方は子ども時代だけに特有なものであるが、それほど馴染みのないことではない。この話題をカクテル・パーティーで振ってみると、何人かの大人は思い出す。まだ子どもだった頃に、人形たちが夜のあいだに動かなかったかどうか、朝起きて確認していたことを。

いきいきしたモノたち

人形やおもちゃの兵士は、半人間的な存在、レプリカだから元気がよいと思われがちだ。しかし、子どもたちがどうして岩や木や「勇敢なリトル・トースター」といった、ごく普通の無生物に対して意識を付与するのかを理解するには、無生物を信頼する大きな思考の飛躍が必要だ。

もちろん、動くものは、一層容易に生命の元気のよさを与えられる。私たちは、《軽さ》について議論したときに、子どもたちがいかにして転がる球を元気よく生きているものと捉えているか、またいかにして海辺の波が自分と鬼ごっこをしていると考えているか着目した。同じようにして、午後の陽光を浴びてホコリがくるくる舞うのを目撃すると、子どもはこの微粒子も元気よく生きていると感じる。その点では、ルクレティウスによってイメージされた原子と何ら変わりはない。確かに、物質の小さな欠片だが、子どもたち自身の奇想や脱線に寄与するのだ。

動きは、ある現象をその背景から切り離して、その現象に個別性を付与する。『たのしい川べ』の中で、純真な生き物であるモグラが初めて川を見るときに、その動くモノをどのように捉えるだろうか。

モグラは生まれてから、まだ一度も、川を見たことがなかったのです。このつやつやと輝きながら、まがりくねり、もりもりとふとった川という生きものを。川はおいかけたり、くすくす笑ったり、ゴブリ、音をたてて、なにかをつかむとおもえば、声をあげて笑ってそれを手ばなし、またすぐほかのあそび相手にとびかかっていったりしました。すると、相手のほうでも、川の手をすりぬけてにげだしておきながら、またつかまったりするのです。川全体が動いて、ふるえて――きらめき、光り、かがやき、ざわめき、うずまき、ささやき、あわだっていました。モグラはもうすっかり魔法にかけられたようにうっとりとなり、われを忘れました。そして、よく小さな子どもが、手に汗をにぎるようなお話をしてくれるひとのあとを追って歩くように、川岸を、とことこついてまわりました。（中略）川は、にぎやかに話しかけながら、そばを流れていきました。世界のいちばんすてきな物語を、ゴボゴボ、とぎれなくかたりかけてくれました。

これを擬人化と呼びたいなら呼んでもよいが、モノは（ここでは動くモノだが）動物のように元気いっぱいで、意識があり、親しみやすい。スティーヴンソンは似たようなダイナミックな現象を、「風」という詩の中で取りあげている。その歌は子どもから風に向かって親しげに発せられたものである。

ぼくは見た　きみが凧を空高く浮かべるのを
鳥たちを大空に吹き飛ばすのを
ぼくは聴いた　あちこちできみが通りすぎる音を
まるで貴婦人のスカートが草原を横切るような音……

ぼくは見た　きみがいろんなことをするのを
だけど　いつもきみは自分の姿を隠そうとする
ふときみに押されたような感じがして　きみに呼ばれたような気がする
でも　きみの姿は見つけられない

ああ　きみはとても強くて冷たい
ああ吹き飛ばす人　きみは若者なのか　老人なのか

きみは野原や森にいるけものなのか
それとも　ただぼくより強いだけの子どもなのか

川に比べて、風という現象はつかみどころがない。それがもたらす効果を除けば、目に見ることもできない。だが、風はそれが引き出す感情や変化ゆえに、他の現象から区別することができる。ちょうど海辺で子どもたちが遊ぶ波と似ている。ダイナミックで人間の姿をした宇宙の一部である。それは――より適切に言えば、その人は――かくれんぼするのを楽しむ仲間である。意思を持ち、その人固有のクセを持った「きみ」なのだ。

波のように揺れ動く対象が容易に元気のよさを生み出すのに対して、対象が静的で変化しないときは話がまるで違ってくる。ルートヴィヒ・ベーメルマンスの『マドレーヌ』の主人公は、パリの病院のベッドに横になっている。天井を見つめ、裂け目があるのに気づく。さらに彼女は、その裂け目が「うさぎのように見える性質を持つ」ことに気づく。私たちが子どもの頃に信じる意識の広がりは一体どこまで行くのだろうか。もしそういう問いかけをおこなうならば、マドレーヌはこう答えるだろう。宇宙の静的な部分と彼らの性質まで広げることができる、と。

児童文学の世界と子ども時代において、元気よく生きるという宇宙的な衝動がいたるところに働いているように思える。『ピノキオ』の幕開けのちょっとしたドタバタ喜劇では、大工がおのを振り下ろそうとすると、木の切れ端はうるさく文句を言う。それから、カンナで削られるときには、くすぐったいと言う。そこで、大工はこのおしゃべりする木の切れ端を友達のゼペットに譲る。ゼペットはその切れ端であやつり人形を作り始める。口を作ると、あやつり人形は声を立てて笑う。腕を作ってやると、あやつり人形はゼペットのかつらをひったくる。足を作ってやると、あやつり人形は逃げ出す。だが、これで目覚めの衝動が終わるわけではない。なぜなら、私たちが知っているように、この木の切れ端はさらに本物の、生きた少年になりたがるからだ。

子どもがいかに幅広く意識というものを信じているか。マーガレット・ワイズ・ブラウンの『おやすみなさい、おつきさま』の中でも巧妙に表現されている。この愛すべき絵本の冒頭は、子どもが床につかされるところから始まり、「すばらしい緑の部屋」の中の生物と無生物の二つの項目の書き分けがつづく。後半では、大きな平等主義でもって、それらの一つひとつがおやすみの挨拶を受ける。子猫も手袋も、時計も靴下も、くしもぶらしも、おかゆで一杯のボウルでさえも。これらの個性的な品々は平等に足並みをそろえ、「おやすみ」の挨拶を受けるに値するのだ。『たのしい川べ』に出てくるアナグマの台所を考察することで、無生物のこうした活発さはさらに深く理解できる。次の引用文の傍点の部分を見れば、著者が台所は快適な場所だと示唆しているのが分かるだろう。

床はかなりすりへった赤レンガでした。二つの魅力的な炉ばたが壁に埋め込まれた大きな炉には丸太が燃えさかっていて、どんなすきま風も吹いていないなさそうでした。火をはさんで、向かいあっている、寄りかかりの高い二脚の椅子は、交際好きな人間に、座る場所を進んで与えます。部屋のまん中には、長い白木のテーブルがあり(中略)アナグマの質素ながらもたっぷりした夕食の残りがのっていました。部屋の奥の食器棚からは、しみひとつない、まっ白なお皿がいく列も並んで、まばたきしていました。頭上の垂木からはハムや乾燥させた薬草、タマネギの束、卵の入ったかごなどがぶら下がっていました。これこそ(中略)あまりぜいたくをいわない友だち同士二、三人が、気のむくままに食べたり、タバコをふかしたり、話しあったりするのに持ってこいの場所といっていいでしょう。赤っぽいレンガの床はくすぶった天井を、ほほえみながら見あげていますし、カシ材でできた椅子たちは、長年使われたせいで、てかてかに光りながら、ゆかいげに互いに顔を見交わしています。食器棚の皿たちは、棚の上のポットに向かってにっこり笑い、陽気な火あかりはちらちら揺れて、みさかいなく、誰とも遊んでいます。

このようなグレアムの擬人化が示唆するように、アナグマの台所はただの面白みのない舞台背景ではない。ここは、生きた場所であり、やさしく親しみのあるもので一杯である。あるいは、やさしく親しみのあるもので一杯の、楽しい幽霊屋敷と言えるかもしれない。ほほえむ床やにんまりする皿、陽気な火炎。これらはただのモノなのではなく、ハイブリッドな存在なのである。つまり、それらは意識をもったモノである。一方に暖かい感情があり、他方にモノとしての冷徹な事実があるという二元論的な世界とは違う世界に生きている。アナグマの台所は、これら二つが混ざり合う世界の思考方法を私たちに見せてくれる。しゃべる動物や活発なおもちゃと同様、私たちはこれらの元気なモノたちと一緒にいることで、意識のある宇宙に遭遇するのだ。

子どもにとって、世界は魅力的な場所だ。「私は月を見て、月は私を見る」。月について言えることは、太陽や時計の顔やその他の人格化された現象についても言える。壁の粗い表面やインクのしみの中でさえ、子どもたちはいろいろな人間的な表情をする宇宙の顔を見分けることができる。このような宇宙の柔軟性や化身を信じる想像力は、「空想の友達」という、よくある子ども時代の現象の中にも見うけられる。スティーヴンソンはそのことを「見えない友達」という詩の中で語っている。

子どもがひとりで　原っぱで遊んでいると
これまで見たことのない友達がやってくる
子どもが楽しく　ひとりぼっちで　良い子なら
友達は　森の中からやってくる

その友達のことは　誰も聞いたことがない　見たこともない
その友達の絵を　きみは思い描くことはできない

だけど　確かにやってくる　外でも家でも
子どもが楽しく　ひとりぼっちで遊んでいるなら

友達は月桂樹のそばに横になり　草の上を駆ける
きみがグラスハーモニカを鳴らすと　友達は歌う
きみが楽しく　どうしてそうなのか分からないとき
必ず友達はきみのそばにいる！

友達は小さくなるのを好み　大きくなるのを嫌う
きみの掘る穴の中に宿るのが　その友達だ
きみがブリキの兵隊と遊ぶとき
フランスの側に立ち絶対に勝てないのが　その友達だ

きみが夜にベッドで寝るとき　心配しないでゆっくりおやすみ
と挨拶してくるのが　その友達だ
食器棚だろうと棚の仕切りだろうと　きみの遊び道具たちが
どこで休んでいても　世話をしてくれるのがその友達だ

そういう意味では、子どもは世界の中でひとりぼっちになることはない。仲間——あるいは、いろいろな姿形をした仲間たち——が天地から人間の形をとってあらわれる。

子どもの信じる、全宇宙に対する際限のない意識の広がりは、スティーヴンソンの詩「夜と昼」にも見られる。この詩でスティーヴンソンはある少年のことを書く。少年が眠りにつくと、すべての世界は消え去る。そして、すべての世界は少年が目覚めるのを待つ。夜明けに鳥が歌い出し、モノたちの姿が夜露の中から浮びあがり、やがて家であったり、庭の花の上の朝露であったりすることが分かる。それから、これらすべて(鳥や家、朝露、花)は——小径や庭の畑といったものまでも——声を持ち、少年に呼びかけてくる。

すべての小径　すべての土地
すべての薔薇の赤
すべての勿忘草《わすれなぐさ》の青
朝露が休まるところ

「起きろ!」と、彼らは叫ぶ。
「朝が来た　この笑顔の谷に
私たちは朝の太鼓を打ち鳴らした

友達よ　きみの同盟軍に加わりたまえ！」
多形《ポリモーファス》であり多声《ポリフォニック》でもある、意識の世界がここにある。

結論にかえて

意識のこの大きな広がりは、子どもの思考の特徴の中でも最もよく知られたものであり、児童文学の中でも同様に顕著である。もちろん、そうした世界観を理想化し、子どもたちの世界観のほうが大人のそれよりも真実味を帯びている、などと押し付けがましく主張するのは馬鹿げたことだ。しかし、子どもたちが単に私たち大人の成熟した、まともな世界観《ノー・ナンセンス》をまだ受け入れていないという理由に基づいて、そうした子どもたちの思考を上から目線で間違いかつ未成熟だと切り捨てるのは、同様に安易すぎる。

確かに、成長する過程で、意識のあるモノや意識のある宇宙に対する子ども時代の理解が徐々に放棄されることには利点がある。やがて子ども時代の世界観が消え、二元論的なものの見方——生物は無生物から、人間は動物から分割される——を受け入れて、境界線が引かれるようになる。それには実用の益がある。もし意識が私たち人間だけに備わっているものだと考えられ、また私たち人間から切り離された世界がまったく中立で無欲なモノでいっぱいだと見なされるならば、私たちの幸福の追求は、障害が少なくなる。だが――ここが重要な点だが――大人たちが落ち着く小さな世界観の有用性というのは、真実性をまったく保証しない。そうした世界観は、ただ人生で成功したりうまくやって行くさいに、実存主義的に役立つか手っ取り早いだけだ。

いずれにしても、この本で議論を進めるさいに、いろいろな世界観の妥当性に対する疑問は脇に置いてきた。子どもについて学ぶことで、私たちは疑問を棚あげし、判断を控えてきた。子どもの思考方法を見極め、子どもの世界を「正しい」とか「誤り」とか、「可愛い」だが「未熟」とか、レッテルを貼らずに考えるようと努めてきた。

この本が提唱することは、児童文学が子ども時代を知ったり、子どもが世界をどう見るかを学んだりするのに格好の教材であるということだ。児童文学の中でこそ、子どもであるということ――テーブルの下でこぢんまりと遊んだり、怖い話に身震いしたり、ミニチュアの世界にそびえ立ってみたり、世間にしがらみに縛られずに軽やかに疾走したり、しゃべる動物や生きているおもちゃを信じたりすること――がどんな感じなのか、かいま見て、理解する(あるいは、思い出す)ことができるのだ。

この本の序文で、私は児童文学が、いわばこういったことを私たちに分からせる舞台だと指摘しておいた。というのも、子どもにとっての優れた作家というのは、子ども時代とつながりがまだあり、それを鮮明に思い出せるからである。そうした意識こそ――つまり、子どもたちと同じ立ち位置で語りかけることができる特別な才能――が読者である子どもたちによって支持される所以である。この点を説明するために、かつてパメラ・トラヴァースに質問して、ある答えが得られたときのことを述べた。つまり、なぜメリー・ポピンズの本が子どもたちに訴えかけるものがあるのか質問すると、彼女はこう答えたのだった。「私は自分自身の子ども時代を忘れたことがありません。私は脇道にそれて、子ども時代の自分に相談するのですよ」と。

この章の主題は、意識の広がりや世界は元気に生きているという子どもの考え方であったので、次のような記憶を実例として引き合いに出すのがぴったりだ。トラヴァースは、彼女自身が述べるように、脇道にそれて子ども時代の自分に相談することで、昔、感じたことを思い出した。すなわち、木々は互いにおしゃべりしているのに、彼女が木立にやってきた途端、黙ってしまうということを。トラヴァースが述べるように、少女にとってできることはたった一つだけだった。いはく、「私は思ったのです。できるだけ長く静かにしていよう。そしたら、木たちも私なんか気にせず、私に出会う前に彼らがやったり、おしゃべりしていたことをつづけるはずだわ」と。

献辞

本書が主張しているのは、児童文学の作者が他の作家とは違うということである。なぜなら児童文学の作家は子ども時代をより鮮明に思い出すことができるからだ。そういう意味では、私も少年時代のことを思い出せる一人であると告白したい。たとえば、テーブルの下で遊ぶことがどのような感じなのかということや、夜中にベッドから足を床に下ろそうとするとき、ベッドの下に潜んでいると言われている怪物のせいで、どんなに怖かったかということも思い出せる。怪物については、アイルランド系カトリック教徒の祖母が、あなたには守護天使がついているので大丈夫だと言って私を安心させてくれたことも思い出される。とはいえ、この本に関する多くのことは私自身の子どもたちのおかげである。娘ブレカと息子コリンの親として、私は二人から多くを学んだ。二人が幼かったときにも、そして大人になって子ども時代を振り返れるようになったときにも。

もちろん、この種の本を書こうとする大学教師は、教室で交わされる議論の中でいろいろな発想が試されて、価値ある洞察が生まれるということも認めなければならない。その意味では、私の教え子たちにも感謝しなければならない。教え子の何人かは、小学校まで私に付いてきてくれたこともあった。私たちは一年生や四年生に話をすることで――というより、子どもたちの話を聞いたことで――物語の深層から導き出した問題点が子どもたちの生活の表層に見られるということを学んだ。その点で、私は私たちを教室に招いてくれた小学校の先生方にも感謝したい。

同じく、私は家族や友人たちのアドバイスや励ましにも感謝したい。リンダ・ロドリゲス、マイケル・ジョセフ、デイヴィッド・ラッド、ロイス・カズネッツ、ピーター・ニューメイヤー、ハミダ・ボスマジアン、アリダ・アリソン、ジューン・カミンズ、キャロル・スコット、フィリップ・ネル、アリソン・ルーリー、ジョン・シーリー、トム・ウィルソン、メアリー・ガルブレス、ジョージ・ニコルソン、マイケル・カート、ゲーリー・ピーペンブリンク、ビヴァリー・ライオン・クラーク、アンジェリカ・カーペンター、クレアー・グリーンなど。最後に、執筆の準備金というかたちで、またヴァージニア・RとG・ピット・ワーナー最優秀学部教授賞という特別のサポートをくださったサンディエゴ州立大学に対しても感謝を捧げたい。

ここに書いた文章のいくつかは、『ロサンゼルス・タイムズ』やアイルランドの雑誌『イニス』、『親の選択』といった他の出版物の中に書かれたものである。それらを掘り起こしてくれた編集者の方々にも感謝したい。同じように、ジョンズ・ホプキンズ大学出版社の編集者マイケル・ロネグロとリンダ・フォーリファァにもお礼を申し上げたい。

参考文献

Aesop. *Aesop's Fables*, ed. Jack Zipes (New York: Signet Classics, 2004).（イソップ『イソップ寓話集』）

Alcott, Luisa May. *Little Women* (New York: Penguin, 1997).（ルイーザ・メイ・オルコット『若草物語』）

Allison, Alida, ed. *Russell Hoban / Forty Years: Essays on His Writing for Children* (New York: Garland, 2000).

Andersen, Hans Christian. *Andersen's Fairy Tales*, trans. Pat Shaw Iversen (New York: New American Library, 1987).（ハンス・クリスチャン・アンデルセン『アンデルセン童話集』）

——. *Hans Andersen's Fairy Tales*, trans. Naomi Lewis (London: Penguin, 1981).（同右）

Ariès, Philippe. *Centuries of Childhood: A Social History of Family Life*, trans. Robert Baldick (New York: Random House, 1962).（フィリップ・アリエス『〈子供〉の誕生：アンシァン・レジーム期の子供と家族生活』）

Bachelard, Gaston. *The Poetics of Space*, trans. Maria Jolas (Boston: Beacon Press, 1969).（ガストン・バシュラール『空間の詩学』）

Barrie, J. M. *Peter Pan* (London: Penguin, 1994).（ジェームス・マシュー・バリー『ピーター・パン』）

Baum, L. Frank. *The Wonderful Wizard of Oz* (New York: Dover, 1960).（ライマン・フランク・ボーム『オズの魔法使い』）

Bemelmans, Ludwig. *Madeline* (New York: Penguin, 1978).（ルートヴィヒ・ベーメルマンス『マドレーヌ』）

Bettelheim, Bruno. *The Uses of Enchantment* (New York: Random House, 1977).（ブルーノ・ベッテルハイム『昔話の魔力』）

Bharucha, Fershid, ed. *Buries Treasures: The Black-and-White Work of Maxfield Parrish, 1896-1905* (San Francisco: Pomegranate, 1992).

Blount, Margaret. *Animal Land: The Creatures of Children's Fiction* (New York: Avon, 1977).

Bodanis, David. *The Secret House* (New York: Simon & Shuster, 1986).

Bosmajian, Hamida. "Vastness and Contraction of Space in *Little House on the Prairie*," *Children's Literature II* (1983): 49-63.

Brantley, Ben. "The Kiddie Show Goes Dark," *New York Times*,1 May 2005.

Briggs, Raymond. *Fungus the Bogeymen* (New York: Penguin, 1990).（レイモンド・ブリッグズ『いたずらボギーのファンガスくん』）

Brown, Margaret Wise. *Goodnight Moon*, illus. Clement Hurd (New York: Harper & Row, 1947).（マーガレット・ワイズ・ブラウン

『おやすみなさい、おつきさま』)
Brown, Norman O. *Love's Body* (New York: Random House, 1966).(ノーマン・オリバー・ブラウン『ラヴズ・ボディ』)
Burnett, Frances Hodgson. *The Secret Garden* (New York: HarperCollins, 1998).(フランシス・ホジソン・バーネット『秘密の花園』)
Calvino, Italo. *Six Memos for the Next Millennium*, trans. Patrick Creagh (New York: Vintage, 1993).(イタロ・カルヴィーノ『カルヴィーノの文学講義——新たな千年紀のための六つのメモ』)
——. *The Uses of Literature*, trans. Patrick Creagh (New York: Harcourt Brace, 1986).
Clark, Kenneth. *Looking at Pictures* (Boston: Beacon Press, 1968).(ケネス・クラーク『絵画の見方』)
Coe, Richard N. *When the Grass Was Taller: Autobiography and the Experience of Childhood* (London: Routledge, 1991).
Cohen, David, and Stephen A. MacKeith. *The Development of Imagination: The Private Worlds of Childhood* (London: Routledge, 1991).
Collodi, Carlo. *The Adventures of Pinocchio*, illus. Greg Hildebrandt (Philadelphia: Running Press, 2003).(カルロ・コッローディ『ピノキオの冒険』)
——. *The Adventures of Pinocchio*, illus. Attilo Mussino, trans. Carol Della Chiesa (New York: Manmillan, 1926).(同右)
——. *Pinocchio*, trans. E. Harden (New York: Penguin, 1974).(同右)
Corentin, Philippe. *Papa!* (San Francisco: Chronicle Books, 1997).(フィリップ・コランタン『パパーッ!』)
Cott, Jonathan. *Pipers at the Gates of Dawn: The Wisdom of Children's Literature* (New York: Random House, 1983).
Coussens, Penrhyn W. *A Child's Book of Stories*, illus. Jesse Willcox Smith (New York: Diffield, 1911).
Dahl Roald. *The BFG* (New York: Penguin, 1982).(ロアルド・ダール『オ・ヤサシ巨人BFG』)
Dalby, Richard. *The Golden Age of Children's Book Illustration* (London: Michael O'Mara Books, 1991).(リチャード・ダルビー『「子どもの本」黄金時代の挿絵画家たち』)
De Brunhoff, Jean. *The Story of Barbar, the Little Elephant*, trans. Merle S. Haas (New York: Random House, 1966).(ジャン・ド・ブリヤンフ『ぞうのババール——こどものころのおはなし』)
De Brunhoff, Jean and Laurent. *Barbar's Anniversary Album*, trans. Merle S. Haas (New York: Random House, 1981).
D'Erasmo, Stacey. "Littele Grown-ups Live Here," *New York Times Magazine*, 2 October 2002, 100-103.
Dickens, Charles. *A Christmas Carol* (New York: Scholastic, no date).(チャールズ・ディケンズ『クリスマス・キャロル』)
Draper, Ellen Dooling, and Jenny Koralek, eds. *A Lively Oracle* (Lanham, Md.: Larson Publications, 1999).

Egoff, Sheila, G. T. Stubbs, and L. F. Ashley, eds. *Only Connect: Readings on Children's Literature* (Toronto: Oxford, 1980).

Erickson, Erik H. *Childhood and Society* (New York: Norton, 1993).（エリク・エリクソン『幼児期と社会』）

Grahame, Kenneth. *The Wind in the Willows*, illus. Michael Hague (New York: Holt, Rinehart &Winston, 1980).（ケネス・グレアム『たのしい川べ』）

——. *The Wind in the Willows*, illus. Arthur Rackham (New York: Knopf, 1993).（同右）

——. *The Wind in the Willows*, illus. Ernest Shephard (New York: Macmillan, 1989).（同右）

Grimm, Jacob and Wilhelm. *The Complete Fairy Tales of the Brothers Grimm*, trans. Jack Zipes (New York: Bantham, 1992), 2 vols.（ヤーコプ・グリム、ヴィルヘルム・グリム『グリム童話集』）

Griswold, Jerry. *Audacious Kids: Coming of Age in America's Classic Children's Books* (New York: Oxford University Press, 1992). In revised paperback edition: *The Classic American Children's Story: Novels of the Golden Age* (New York: Penguin, 1996).（『家なき子の物語——アメリカ古典児童文学にみる子どもの成長』）

——. "Between Cultures: *Heidi and The Secret Garden," Teaching and Learning Literature*, March / April 1996, 26-29.

——. "Burdening Kids with Innocence," *Los Angeles Times*, 29 August 2002.

——. *The Children's Books of Randall Jarrell* (Athens: University of Georgia Press, 1988).

——. "Children's Literature in the USA: A Historical Overview," in *International Companion Encyclopedia of Children's Literature*, ed. Peter Hunt (London: Routledge, 2003), 1270-1279.

——. "The Disappearance of Children's Literature," in *Reflection of Change: Children's Literature since 1945*, ed. Sandra L. Becker (Westport, Conn: Greenwood Press, 1997).

——. "Fee Fi Ho Hum." *Los Angeles Times*, 28 October 2002.

——. Review of *Fly by Night*, by Randall Jarrell and pictures by Maurice Sendak, *New Republic 176*, nos.1 and2 (1977): 37-38.

——. "The Future of the Profession," *The Lion and the Unicorn* 26, no.2 (2002): 236-242.

——. "Introduction" to *The Voyages of Doctor Dolittle*, by Hugh Lofting (New York: New American Library, 2000).

——. Review of Kiddie Lit, by Beverly Lyon Clark, *Children's Literature Association Quarterly* 28, no.4 (Winter 2003-2004): 248-249.

——. *The Meanings of "Beauty and the Beast"* (Peterborough, Ontario: Broadview Press, 2004).

——. Review of *The Nutcracker*, by E. T. A. Hofmann, trans. by Ralph Manheim, Pictures by Maurice Sendak, *Los Angeles Times Book*

Review, 11 November 1984, 1, 6.

——. "The Original Ugly Duckling," review of Hans Christian Andersen, by Jens Andersen, *Los Angeles Times Book Review*,3 April 2005, R9.

——. "Peter Rabbit Turns 100," *Los Angeles Times Book Review*,15 August 1993, 11.

——. (With Edwina Burness). "P. L. Travers: The Art of Fiction LXIII," *Paris Review* 24, no.85 (Winter 1982): 210-229. Reprinted in *Writers at Work*, Nine Series, ed. George Plimpton (New York: Penguin, 1992), 37-53. Reprinted in *Women Writers at Work*, rev. ed., ed. George Plimpton (New York: Penguin, 1998).

——. ed. *The Prince and the Pauper*, by Mark Twain (New York: Penguin, 1997).

——. "Reading Differently after September 11," *Inis*, Autumn 2002, 6-7, 15.

——. "Reading Real Peter Pan," *Los Angeles Times Book Review*, 26 January 1992, 11.

——. "Revealing Herself to Herself" [a remembrance of P. L. Travers], Los Angeles Book Review,19 June 1983, 9.

——. "12 Representative American Children's Books," *Inis*, Summer 2003, 21-24.

——. (With Amy Wallace). "What Famous People Read," *Parade Magazine*, 13 March 1983, 21-25.

——. Review of *When the Grass Was Taller: Autobiography and the Experience of Childhood*, by Richard Coe, *Los Angeles Times Book Review*, 20 January 1985, 3.

Hamilton, Virginia. *M. C. Higgins, the Great* (New York: Macmillan, 1974).（ヴァージニア・ハミルトン『偉大なるM・C』）

——. *The People Could Fly*, illus. Leo and Diane Dillon (New York: Knopf, 2004).（同、『人間だって空を飛べる——アメリカ黒人民話集』）

Hoban, Russell. *The Mouse and His Child* (New York: Harper & Row, 1967).

Hoffmann, E. T. A. *Nutcracker*, trans. Ralph Mannheim, illus, Maurice Sendak (New York: Crown, 1984).（E・T・A・ホフマン『くるみ割り人形』）

——. *The Nutcracker and the Golden Pot*, ed. Philip Smith, Various translators (New York: Dover, 1993).（同右）

Hoffmann, Heinrich. *Der Struwwelpeter* (Erlangen, Germany: Pestalozzi Verlag, 1998).（ハインリッヒ・ホフマン『もじゃもじゃペーター』）

——. *Struwwelpeter*, introduction by Jack Zipes (Venice, Calif.: Feral House, 1999).

Hunt, Caroline C. "Dwarf, Small World, Shrinking Child: Three Versions of the Miniature," *Children's Literature* 23 (1995): 115-136.

Hürlimann, Bettina. *Three Centries of Children's Books in Europe*, trans. Brian W. Alderson (New York: World Publishing, 1967).

Jarrell, Randall. *The Animal Family*, pictures by Maurice Sendak (New York: Dell, 1984).（ランダル・ジャレル『陸にあがった人魚のはなし』）

——. *The Collected Poems* (New York: Noonday Press, 1981).

——. *Fly by Night*, illus. Maurice Sendak (New York: Farrar, Straus & Giroux, 1976).（同、『夜、空をとぶ』）

Jones, Gerard. *Killing Monsters* (New York: Basic, 2002).

Kingsley, Charles. *The Water Babies* (New York: Penguin, 1995).（チャールズ・キングスリー『水の子どもたち——陸の子どものための妖精の物語』）

Kipling, Rudyard. *The Jungle Books* (New York: New American Library, 1961).（ラドヤード・キップリング『ジャングル・ブック』）

Klaus, Annette Curtis. "The Lure of Horror," *School Library Journal* 43, no.11 (November 1997): 38.

Koestler, Arthur. *The Ghost in the Machine* (London: Hutchinson, 1976).（アーサー・ケストラー『機械の中の幽霊』）

Kuznets, Lois R. *Kenneth Grahame* (Boston: Twayne, 1987).

——. *When Toys Come Alive* (New Haven: Yale University Press, 1994).

Lane, Margaret. *The Tale of Beatrix Potter* (New York: Penguin, 1986).

Lanes, Selma. *The Art of Maurice Sendak* (New York: Abrams, 1984).（セルマ・レインズ『センダックの世界』）

Lewis, C. S. "Oh three Ways of Writing for Children," in *Only Connect: Readings on Children's Literature*, ed. Sheila Egoff, G. T. Stubbs, and L. F. Ashley (Toronto: Oxford University Press, 1980).

Lofting, Hugh. *The Story of Doctor Dolittle* (New York: Dell, 1988).（ヒュー・ロフティング『ドリトル先生物語』）

——. *The Voyages of Doctor Dolittle* (New York: New American Library, 2000).（同、『ドリトル先生航海記』）

London, Jack. *White Fang and the Call of the Wild* (New York: Penguin, 1994).（ジャック・ロンドン『白い牙』）

Lurie, Alison. *Boys and Girls Forever* (New York: Penguin, 2003).（アリソン・ルーリー『永遠の少年少女——アンデルセンからハリー・ポッターまで』）

——. *Don't Tell the Grown-ups* (Boston: Little Brown, 1990).

MacDonald, George. *The Light Princess*, illus. Maurice Sendak (New York: Dell, 1969).（ジョージ・マクドナルド『軽いお姫さま』）

Maguire, Gregory. "Belling the Cat: Heroism and the Little Hero," *Lion and the Unicorn* 13, no.1 (1989): 102-119.
Manguel, Alberto, and Gianni Guadalupi. *The Dictionary of Imaginary Places* (New York: Macmillan, 1980).（アルベルト・マングェル、ジアンニ・グアダルーピ『完訳世界文学にみる架空地名大事典』）
Marcus, Leonard. *Margaret Wise Brown: Awakened by the Moon* (New York: William Morrow, 1999).
Masefield, John. *Grace before Ploughing* (London: William Heinemann, 1966).
Mayer, Mercer. *There's a Nightmare in My Closet* (New York: Penguin, 1976).（マーサー・メイヤー『おしいれおばけ』）
Moore, Clement C. *The Night before Christmas*, illus. James Marshall (New York: Scholastic, 1985).
Morris, Jan. *The Matter of Wales* (New York: Oxford, 2005).
Nikolajeva, Maria, and Carole Scott. *How Picturebooks Work* (New York: Garland, 2001).
Nodelman, Perry. *Words about Pictures* (Athens: University od Georgia, 1988).
Norton, Mary. *The Borrowers: Fiftieth Anniversary Gift Edition*, illus. Diana Stanley (New York: Harcourt, 2003).（メアリー・ノートン『床下の小人たち』）
O'Neil, Dennis. *Secret Origins of the Super DC Heroes* (New York: Harmony, 1976).
Pascal. *Pensées*, trans. A. J. Krailsheimer (New York: Penguin, 1995).（パスカル『パンセ』）
Perrault, Charles. *Perrault's Fairy Tales*, trans. A. E. Johnson, illus. Gustave Doré (New York: Dover, 1969).（シャルル・ペロー『ペロー童話集』）
Peter Pan's A B C, illus. Flora White (Hodder & Stoughton, n.d. [ca. 1914]).
Piaget, Jean. *The Child's Concept of Reality in the World* (New York: Harcourt Brace, 1929).
——. *The Construction of Reality in the Child* (New York: Basic, 1954).
——. *The Origins of Intelligence in Children* (New York: International Universities Press, 1952).
Potter, Beatrix. *Beatrix Potter: The Complete Tales. The Twenty-three Original Peter Rabbit Books and Four Unpublished Works* (New York: Frederick Warne, 1997).（ビアトリクス・ポター『ピーターラビット全おはなし集』）
——. *The Tailor of Gloucester* (New York: Dover, 1973).（同、『グロースターの仕立て屋』）
——. *The Tale of Peter Rabbit* (New York: Dover, 1972).（同、『ピーターラビットのおはなし』）
——. *The Tale of Two Bad Mice* (New York: Dover, 1974).（同、『2ひきのわるいねずみのおはなし』）

Ratcliff, Carter. *John Singer Sargent* (New York: Abbeville, 1982).
Ringgold, Faith. *Tar Beach* (New York: Crown Publishers, 1991).
Roalf, Peggy. *Looking at Paintings: Families* (New York: Hyperion, 1992).
Rowling, J. K. *Harry Potter and the Philosopher's Stone* (London: Bloomsbury, 1997).（J・K・ローリング『ハリー・ポッターと賢者の石』）
Santayana, George. *Scepticism and Animal Faith* (New York: Dover, 1955).（ジョージ・サンタヤーナ『哲学逍遙――懐疑主義と動物的信』）
Scarry, Elaine. *Dreaming by the Book* (New York: Farrar, Straus & Giroux, 1999).
Sendak, Maurice. *Caldecott & Co.* (New York: Farrar, Straus & Giroux, 1988).（モーリス・センダック『センダックの絵本論』）
——. *Where the Wild Things Are* (New York: Harper & Row, 1963).（同、『かいじゅうたちのいるところ』）
Seuss, Dr. (pseud. Theodor Geisel). *The Cat in the Hat* (New York: Random House, 1957).（ドクター・スース『キャットインザハット――ぼうしをかぶったへんなねこ』）
——. *How the Grinch Stole Christmas* (New York: Random House, 1957).（同、『グリンチ』）
Sewell, Anna. *Black Beauty* (Hertfordshire, U. K.: Wordsworth, 1993).（アンナ・シュウエル『黒馬物語』）
Siegel, Muffy. "Like: The Discourse Particle and Semantics," *Journal of Semantics* 19, no.1 (February 2002): 35-71.
Spyri, Johanna. *Heidi*, trans. Eileen Hall (New York: Penguin, 1984).（ヨハンナ・シュピリ『アルプスの少女ハイジ』）
——. *Heidi*, illus. Gustaf Tenggren (Boston: Houghton Mifflin, 1923).（同右）
——. *Heidi*. illus. Jesse Wilcox Smith (New York: HarperCollins, 1996).（同右）
Stallcup, Jackie. "Power, Fear, and Children's picture Books," *Children's Literature* 30 (2002): 125-158.
Steig, William. *Sylvester and the Magic Pebble*. (New York: Simon & Shuster, 1980).（ウィリアム・スタイグ『ロバのシルベスターとまほうの小石』）
Stevens, Wallace. *The Collected Poems of Wallace Stevens* (New York: Knopf, 1968).
Stevenson, Robert Louis. *A Child's Garden of Verses* (New York: Dover, no date).（ロバート・ルイス・スティーヴンソン『子どもの詩の園』）
——. *Treasure Island* (New York: Penguin, 1984).（同、『宝島』）

——. *Treasure Island*, illus. N. C. Wyeth (New York: Atheneum, 2003).
Swift, Jonathan. *Gulliver's Travels* (New York: penguin, 2003).（ジョナサン・スウィフト『ガリヴァー旅行記』）
Tartar, Maria, ed. *The Annotated Classic Fairy Tales* (New York: Norton, 2002).
——. *The Classic Fairy Tales* (New York: Norton: 1999).
Thomas, Bob. *Disney's Art of Animation* (New York: Hyperion, 1991).
Travers, P. L. *Mary Poppins*, rev. ed., illus. Mary Shepard (New york: Harcourt Brace, 1981).（P・L・トラヴァース『風にのってきたメアリー・ポピンズ』）
——. *What the Bee Knows* (London: Penguin, 1993).
Twain, Mark. *The Adventures of Tom Sawyer* (New York, 1986).（マーク・トウェイン『トム・ソーヤーの冒険』）
Van Allsburgh, Chris. *The Garden of Abdul Gasazi* (Boston: Houghton Mifflin, 1979).
Warner, Marina. *No Go the Bogeyman* (New York: Farrar, Straus & Giroux, 1998).
Weil, Simone. *Gravity and Grace*, trans. Emma Crauford (London: Routledge, 1963).（シモーヌ・ヴェーヌ『重力と恩寵』）
White, E. B. *The Annotated Charlotte's Web*, ed. Peter Neumeyer (New York: HarperCollins, 1994).
——. *Charlotte's Web*, illus. Garth Williams (New York: HarperCollins, 1980).（E・B・ホワイト『シャーロットのおくりもの』）
——. *Stuart Little*, illus. Garth Williams (New York: Harper & Row, 1945).（同、『スチュアートの大ぼうけん』）
Wilder, Laura Ingalls. *Little House on the Prairie* (New York: Haper & Roe, 1971).（ローラ・インガルス・ワイルダー『大草原の小さな家』）
Zipes, Jack. *Sticks and Stones* (New York: Routledge, 2002).
——. *The Trials and Tribulations of Little Red Riding Hood* (New York: Routledge, 1993).（ジャック・ザイプス『赤頭巾ちゃんは森を抜けて——社会文化学からみた再話の変遷』）

解説

著者のジェリー・グリスウォルドは児童文学の専門家である。サンディエゴ州立大学で長年教鞭を取り、同大に「全米児童文学研究センター」を設立し、初代センター所長を務めた。ユーモアセンスが抜群で、児童文学を読み解く鋭い分析の根底には、アメリカ文学やアイルランド文学への深い造詣がある。マーク・トウェインの研究者として『王子と乞食』の注釈をつけたり、『ニューヨーク・タイムズ』をはじめとする主要新聞や商業雑誌にエッセーや書評を寄稿したりして、児童文学の枠にとどまらない執筆活動をおこなっている。

すでにグリスウォルドは、*Audacious Kids: Coming of Age in America's Classic Children's Books* (Oxford UP, 1992)［翻訳は『家なき子の物語――アメリカ古典児童文学にみる子どもの成長』(阿吽社、一九九五年)］という、本格的な研究書を刊行している。これは、十九世紀後半から二十世紀初頭にかけてアメリカで出版された代表的な児童文学十二冊を論じたもので、それらの物語からひとつの原型を導き出している。一言でいえば、それらの物語に共通するパターンのことである。主人公の子どもが親を失い(あるいは、親のサポートを失い)、「孤児」の状態になり、新たな代理親のもとで育ち、大人へと成長するというパターン。

グリスウォルドのこの説でユニークなのは、十九世紀後半の子どもの成長を扱う文学(『ハックルベリーフィンの冒険』をはじめ、必ずしも「児童文学」にかぎらない)がどれも大人の読者たちにも人気を博していたという指摘であり、グリスウォルドは、その理由として物語の政治的寓意を挙げている。つまり、子どもの成長を扱うそれらの物語の中で、「無垢」や「野生」といった特性が無条件で価値を付与されているが、それは旧世界ヨーロッパからのアメリカ国家の独立と発展をつねに自立する子どもの成長になぞらえる政治的言説の反映だというのだ。グリスウォルドは、「アメリカの作家や思想家たちの理解するアメリカ革命とは、エディプス的反抗期に入った子どもの成長物語」にほかならず、世紀転換期のアメリカの児童文学もそうした政治的なパラダイムを踏襲していると看破し、こう結論づける。「アメリカの数多くの児童文学は、民主主義的な宣伝パンフレットと考えられていたに違いない」と。

さて、本書は、児童文学をたんに子ども向けの読み物と捉えず、大人が読んでも為になることを説いている。もちろん、そうしたコンセプトで書かれた本は他にもたくさんあり、本書が初めてではない。

たとえば、ファンタジックな児童文学について、風間賢二は『きみがアリスでぼくがピーター・パンだったころ』(ナナ・コーポレート・コミュニケーション、二〇〇二年)で、子ども向けの文学作品に隠された「秘密」を暴き出している。鑑賞力のある大人が読むと、意外な発見があることをしめしたところにこの本の特徴がある。たとえば、グリム兄弟の「ウソ」、アンデルセンの「精神病」から『ハリー・ポッター』の人気の秘密まで、読んでいて飽きない、大人のためのすぐれた児童文学入門書である。

また、研究者の方でも、科学的な批評理論を応用して、大人の読解をおこなっている。たとえば、吉田純子の『少年たちのアメリカ——思春期文学の帝国と〈男〉』(阿牛社、二〇〇四年)は、アメリカ児童文学にジェンダー批評理論を応用する。マーク・トウェインがつくりだしたトムとハックの二人の男子を原型として捉え、二種類の「男性性」の跡をたどる。すなわち、「富と権力への野心をひめた、勤勉と節約をモットーとする白人プロテスタント的な価値観」を刷り込まれたトムの「男性性」と、その「白人プロテスタント的な価値観」から逸脱し、社会的な他者として「犯罪者、社会の落伍者、そして非白人(先住民や黒人奴隷)」の価値観を代表するハックの「男性性」である。児童文学の中で、それらの二つの「男性性」がどのように〈帝国〉アメリカの国家アイデンティティと連動したり逸脱したりするのか、その契機を読みとっていく、これもとても刺激的な大人のための児童文学入門書である。

本書もまた、別の観点から語る、大人への児童文学のおススメである。手軽に読めるという点では、同じ著者の『家なき子の物語』よりもすぐれており、英語版は相当売れているという。

そうした人気の秘密は、原題にある Feeling(感じる)という切り口だろう。「子どもであるということがどういう感じなのか」という点に絞って、児童文学を題材にして、子どもの世界観を論じるという「難題」に取り組んでいるからだ。言い換えれば、本書の真骨頂は、児童文学の中で活躍する子どもたちの考えや感じ方がどうであるのか、心理学的な考察をまじえて大人に語っているところにある。だから、児童文学論の体裁をとっているが、人生論として面白い読み物になっている。

なぜ子どもは狭いところが好きなのか？　なぜ子どもは怖いことが好きなのか？　なぜ子どもはミニチュア世界が好きなのか？　なぜ子どもは軽々と飛んだりするような「夢」を見ることが好きなのか？　なぜ子どもは自分の動く影や光の中のホコリが好きなのか？

大人で、こうした感情が分かる人には、本書は必要でない。たとえば、前衛舞踏家の田中泯は、インドネシアの田んぼに半裸で飛び込み、地元の子どもたちと泥掛けごっこをして、どの子どもたちよりも溌剌としている。自分の中にある大人と子どもの間の境界を軽々と越えることができる。こんな人には、本書はおそらく無用である。

だが、たいていの大人は、小賢しい理性が邪魔して無邪気になれない。そういう頭の固い人には、本書が役に立つ。子どもの感情を蘇らせることは、幸福への一歩である。本書はそのためのヒントをいろいろと示唆している。たとえば、子どもたちが進んで求める「心地よさ」について、著者はこう述べている。「俗世間をはなれて、山小屋でのんびり過ごしている様子を頭に思い描いたり、レジャー用のRV車に細かな装備を施しているときに大人たちが感じる特別な満足感が、これに近い。それでも、心地よさは、とりわけ子どもたちが求める感情なのだ。机の下で遊んでいる大人を

目撃することなど、ないのだか

子どもとちがって、大人は人た別荘地に「山小屋」を建てたり、高装備のＲＶ車を購入したりして「心地よさ」を手にうとするが、それには金がかかりすぎる。それで、金のない大人は「心地よさ」をあきらめ分は心の満足を得られないと嘆く。だが、身近なところにヒントはある。子どもに見習えばよいのだ。子どものように机の下にもぐらないまでも、探せば、身近なところに「心地よい場所」があるはずだ。そのためには、大人も目線を低くして、子どもの想像力を発揮しなければならない。どうやって子どもの想像力を働かすのか？　それが分からない大人のためにこそ、本書がある。

もうひとつだけ、本文から例を挙げておこう。「軽さ」と名づけられた章では、物理的な軽さと精神的な軽さの両方について触れている。どちらでも軽いのが子どものほうであるのは言うまでもない。「軽さは、とりわけ現代的なテーマであるように見える。膨大な情報のビットは刻々と無線やケーブルを駆けめぐり、いまや日々大陸を越えて移動している。テクノロジーは、私たちに欠けた、うらやましいほどの軽さと速さを獲得したかのようだ。多くの大人たちにとって、現代を生きることはその反対だ。時間に追われ、ストレスや積み重なった責務、多すぎる情報――これらの重みによって私たち「大人」は押しつぶされ、人生はより困難なものになる」

さらに著者は『ピーター・パン』を論じながら、「軽さを失うことは大人への成熟の代償なのだ」と述べているが、「成熟」を手に入れる一方、人生の重荷や役割に押しつぶされるのが大人の宿命だとしたら、どうすればいいのか。

それを知りたい大人こそ、本書を読んでいただきたい。

ひとつヒントだけ書いておこう。子どもの世界観と大人の世界観は、通常、共存しない。たいていの人は、大人の価値観で、せちがらく生きていく。そうしないと、この世の中をうまく渡っていけないからだ。しかし、それが果たして人間として「正しい」生き方なのかどうか。

著者も言っている。「大人たちが落ち着く小さな世界観の有用性というのは、真実性をまったく保証しない。そうした世界観は、ただ人生で成功したりうまくやって行くさいに役立つか手っ取り早いだけだ」

とはいえ、誰でも親になったとき、子どもに教わることがあるはずだ。子どもの世界観は、未熟なのではない。それは大人のそれとは違うもうひとつの世界観なのだ。そう考えるとき、パラレルワールドやオルタネートワールドを扱うSFやファンタジーと児童文学は急接近する。想像力を介在させると、目の前にある現実だけが必ずしも現実ではないことが分かってくる。さらに言うと、子どもの世界観は、現代人非科学的として看過している太古の神話と相通じるかもしれない。中沢新一は、「神話」について『人類最古の哲学』（講談社選書メチエ、二〇〇二年）の中でこう述べている。「神話は哲学と同じく、打算や世論へのおもねりなどのことは少しも考慮しないで、つとめて人間に進むべき正し指ししめそうとしてきました。そこでは、哲学が倫理と一体です」と。

最後に、グレアムの『たのしい川べ』、ヨハンナ・シュピリの『アルプスの少女ハイジ』、ワイルダーの『大草原の小さな家』、ジョージ・マクドナルド『軽いお姫様』、「風」をはじめとするスティーヴンソンの幾つかの詩など、本書で引用される文章がすばらしい。名著というのは、その著者が長年に蓄積した教養が引用文に見事ににじみ出てくる。

巻頭のエピグラフには、イタロ・カルヴィーノの言葉「それらとの出会いは、新しい出会いになるだろう」が掲げられている。

私たちは「誰もが子どもだった」。いつまでも皆さんが、子ども(時代)の気持ちに対して新鮮な思いを抱けますように。

越川芳明

二〇一六年一月　駿河台にて

【著者】

ジェリー・グリスウォルド

1947 年生まれ。児童文学、アメリカ文学の専門家。サンディエゴ州立大で長年教鞭を取り、同大に「全米児童文学研究センター」を設立し、初代センター所を務めた。随筆家、書評家としても『ニューヨーク・タイムズ』をはじめとする主要新聞や商業雑誌に投稿。

【訳者】

渡邉藍衣

…わたなべ・あい…

1988 年生まれ。東京女子大学大学院人間科学研究科在籍。アメリカ文学専攻。主な論文 :「『ミシガンの北で』における女性の性的欲望の表象とその時代背景」など。本書では、第一章、第二章、第三章、献辞の訳を担当。

越川瑛理

…こしかわ・えり…

1988 年生まれ。筑波大学大学院人文社会科学研究科在籍。日本学術振興会特別研究員。ドイツ文学専攻。主な論文 :「取り換えられる言葉 : 多和田葉子作品における翻訳の問題」など。本書では、日本の読者に向けて、序文、第四章、第五章、参考文献の訳を担当。

フィギュール彩㊼

誰《だれ》もがみんな子《こ》どもだった

二〇一六年二月十五日　初版第一刷

著者――ジェリー・グリスウォルド

訳者――渡邉藍衣／越川瑛理

発行者――竹内淳夫

発行所――株式会社 彩流社

〒102-0071

東京都千代田区富士見2-2-2

電話：03-3234-5931

ファックス：03-3234-5932

E-mail：sairyusha@sairyusha.co.jp

印刷――明和印刷（株）

製本――（株）村上製本所

装丁――仁川範子

ISBN978-4-7791-7050-8 C0398

http://www.sairyusha.co.jp

フィギュール彩

〔既刊〕

⑪ 壁の向こうの天使たち

越川芳明◉著

定価（本体 1800 円＋税）

天使とは死者の「声」なのかもしれない。あるいは精霊の「声」なのかもしれない。「ボーダー映画」の登場人物たちは、「壁」をすり抜ける知恵や勇気、そして力を与えてくれる。

㉑紀行　失われたものの伝説

立野正裕◉著

定価（本体 1900 円＋税）

荒涼とした流刑地や戦跡。いまや聖地と化した「つはものどもが夢の跡」。聖地とは現代において人々のこころのなかで特別な意味を与えられた場所。二十世紀の「記憶」への旅。

㉖ヘミングウェイとパウンドのヴェネツィア

今村楯夫／真鍋晶子◉著

定価（本体 1900 円＋税）

人生の大半を外国に暮らした作家と詩人。事物を直視し、極限まで文字を削り、言葉の響きに耳を傾けた。二人が異国の地で交錯する。それは芸術的で精神的な交感であった。